L'archipel enchanté

Catherine Shaw

HARLEQUIN

Cet ouvrage a été publié en langue anglaise
sous le titre :
ISLAND GIRL

53, avenue Victor-Hugo, Paris XVIe - Tél. 500.65.00
ISBN 2-280-00138-1
ISSN 0182-3531

Harlequin
"tout un monde d'évasion"

Il y a des jours où tout va bien...
Il fait beau, vous vous sentez jolie,
pleine d'énergie, de dynamisme.
Alors, vous plongez avec enthousiasme
dans un nouveau roman Harlequin,
dont l'héroïne, comme vous,
rayonne d'audace et de joie de vivre !

Il y a des jours où tout va mal...
Il pleut, et les nuages vous brouillent le teint.
Tout le monde est maussade ; vous aussi.
Alors, ouvrez vite un nouveau roman Harlequin.
Vous y trouverez le soleil, la passion,
l'optimisme dont vous avez besoin.
Vous oublierez tous vos soucis.

Quelle que soit votre humeur,
gaie ou triste, tendre ou folle,
Harlequin vous offre chaque mois
des heures de détente et d'évasion...

Partez avec Harlequin,
le temps d'un roman.

1

— Toi ! s'écria-t-il, incrédule. Ne me fais pas rire !

Ralph Svenssen, grand, beau, arrogant, s'esclaffa pourtant, après avoir dit ces mots. Ses yeux gris-vert, à l'iris pailleté d'or, étaient chargés de doute.

Dehors, les fleurs rouges des hibiscus se balançaient sous la caresse du vent. Les amandiers répandaient leur parfum jusque dans la maison. Seul le bruit des vagues troublait à présent le silence.

Janine ne cilla pas, mais son regard bleu s'assombrit. Elle se raidit quelque peu, et ses longs doigts se mirent à pianoter sur le bureau. Elle fit un effort pour se calmer. Il ne fallait pas qu'elle s'énerve devant Ralph Svenssen. Elle voulait réussir et elle y parviendrait.

— Et pourquoi pas moi ? lança-t-elle, comme un défi.

Ses longs cheveux blonds ramenés en arrière mettaient son beau visage en valeur. Les pommettes étaient saillantes, le nez délicat, le menton volontaire.

Un instant, Ralph parut désarçonné. Son regard parcourut brièvement la longue silhouette. Ainsi vêtue d'un tailleur sobre et d'un chemisier, elle faisait très femme d'affaires. Il lut la détermination dans ses yeux d'un bleu profond.

Janine esquissa un sourire, qui fit naître deux fossettes sur ses joues. Cette attitude montrait plus d'audace qu'elle n'en avait en réalité, mais il fallait que Ralph Svenssen soit mis au pas dès le départ. Elle comptait diriger à sa guise, et elle était certaine d'y parvenir.

Elle songea que malgré tout, elle l'avait impressionné. Elégante, maquillée, parfumée, s'exprimant avec aisance et autorité, la nouvelle Janine Roberts ne manquait pas d'allure...

Sans doute Ralph avait-il été surpris, une heure plus tôt, quand il l'avait aidée à passer de l'hydravion au canot à moteur qui l'attendait. Il l'avait alors regardée comme jamais auparavant : le regard direct, scrutateur, qu'un homme pose généralement sur une femme. Elle en fut gênée et préféra ne pas imaginer ce qu'il pensait à cet instant. Quelques minutes plus tard, il lui prit fermement le bras. Elle ressentit un trouble curieux. Etait-ce de la peur ? Non, il ne le fallait pas.

Elle était ravie de l'effet qu'elle avait produit. Ralph était resté silencieux, tandis que Felipe retraversait le lagon en canot, afin de décharger les bagages de Janine ainsi que les marchandises destinées à l'île. Elle avait décidé d'impressionner Ralph avant qu'il ne se souvienne qu'elle était « la petite Janine », et rien de plus. Quand il avait demandé :

— Comment va ton père ?

Elle avait répondu :

— Allons dans le bureau, Ralph, j'ai à te parler.

Il avait froncé les sourcils, mais l'avait suivie dans la petite pièce, qui était en quelque sorte le centre administratif de Blue Haven. Là, sans préambule, elle lui avait appris la nouvelle : elle prenait la direction des affaires de Fangufangu.

... Ralph était debout, les mains crispées sur le dossier d'une chaise en rotin. Janine vit qu'il serrait les dents.

— Eh bien, dit-elle, pourquoi pas moi ?

Il eut l'air de vouloir pulvériser le siège entre ses doigts.

— C'est ridicule, lança-t-il. Tu n'es qu'une enfant, un bébé !

Elle se raidit.

— Je ne suis plus une enfant, Ralph. J'ai vingt et un ans.

Il demeura immobile, sans répondre. La colère faisait saillir les veines de son cou. Janine, étrangement calme, remarqua combien il était beau. Elle s'étonna de ne pas l'avoir vu auparavant. Pour l'heure, il était vraiment furieux. Etant donné les circonstances, elle ne pouvait pas lui en vouloir.

Elle détacha son regard du sien et détailla lentement le nez droit, la bouche bien dessinée, la fossette qui lui creusait le menton. Avec sa mèche blonde sur le front, il semblait désemparé. Elle fut peinée de le voir ainsi. Il ressemblait à un animal aux abois. Un très bel animal, en l'occurrence.

D'une voix forte, en détachant bien les syllabes, il reprit :

— Tu n'as peut-être plus l'air d'une enfant, Janine, mais ce n'est pas le vernis dont tu t'es parée qui t'aidera dans les affaires. Tu ne tiendras pas cinq minutes !

A ces mots, Janine tressaillit. Pour se donner une contenance, elle s'empara d'un crayon et le fit rouler entre ses doigts. Elle ne devait pas laisser transparaître son désarroi.

— Comment peux-tu dire cela ? J'ai travaillé ici toute ma vie avec mes parents. Je pourrais me débrouiller les yeux fermés.

— Allons, railla-t-il, tu t'amusais. Tu n'as jamais fait que cela. Oh bien sûr, tu tapais une lettre de temps en temps, mais que sais-tu des responsabilités qui t'attendent ? Tu ignores ce qu'est le vrai travail. Je suppose qu'à Sydney aussi, tu t'es bien amusée.

Il la toisa brièvement, l'air désapprobateur.

— ... Et maintenant, tu imagines qu'il te suffit de revenir ici pour donner des ordres, d'une voix forte et autoritaire.

— Ralph, je suis désolée que la situation ne te convienne pas, mais il en est ainsi. Je suis propriétaire de Fangufangu, et c'est moi qui l'administrerai. A ma façon !

Bien sûr, il y avait une part de vérité dans les paroles de Ralph. Elle avait toujours mené une vie insouciante dans l'île, n'intervenant que très peu dans la gestion de l'activité touristique de Blue Haven. Mais aujourd'hui, elle était décidée. Elle prouverait qu'elle était capable de réussir.

Ralph lâcha le dossier de la chaise et enfouit les mains dans ses poches. Son jean blanc moulait parfaitement ses hanches fines et musclées. Ses larges épaules tendaient l'étoffe de sa veste. Dans l'échancrure de sa chemise bleu ciel, on apercevait la peau dorée de sa poitrine.

Janine se détourna.

— Assieds-toi, Ralph, et discutons, si tu veux bien. Tu t'es occupé de tout durant ces derniers mois. J'espère que tu peux me mettre au courant.

Elle le défia du regard, puis ajouta :

— Ou est-ce trop te demander ?

D'un mouvement brusque, il approcha la chaise du bureau et s'y installa, comme à regret. Il croisa les mains derrière sa tête, allongea les jambes.

— D'accord, tu es la patronne. Je vais essayer de te mettre sur les rails. Je dois bien cela à ton père, après tout.

Son regard se voulait protecteur, et Janine en fut irritée. Maintenant que sa colère était calmée, il allait se moquer d'elle, lui prouver que sans lui, elle échouerait.

— Je n'ai pas besoin de ton soutien, dit-elle. Je veux

simplement que tu me tiennes au courant de ce qui s'est passé, c'est tout !

Une fois seule, Janine pensa que son retour avait été plutôt mouvementé. Bien sûr, Ralph s'était adouci et il avait répondu posément à toutes ses questions, mais elle sentait confusément qu'il la laisserait se débrouiller, qu'il ne coopérerait qu'en cas d'absolue nécessité. Peut-être avait-elle eu tort de le provoquer. Mais elle ne s'attendait pas à trouver une telle réticence chez Ralph Svenssen.

Dans le salon du bungalow où elle avait vécu avec ses parents, Janine ôta sa veste de tailleur et ses chaussures, puis s'étendit sur une chaise longue en rotin. Elle contempla ses orteils aux ongles vernis en se demandant combien de temps elle pourrait conserver cette image sophistiquée.

— Oh, papa, murmura-t-elle doucement, les yeux fermés. Dans quoi me suis-je donc engagée ?

La voix de son père lui parvint en écho.

— Crois en toi, et tu réussiras.

Elle sourit affectueusement à la photographie de ses parents qui trônait sur la table. « Cher papa, toujours prêt à m'encourager. » Pas comme ce trouble-fête de Ralph Svenssen. À cette simple évocation, elle ressentit une bouffée de colère.

Quel dommage qu'il fût si rancunier. Ils étaient pourtant bons amis, auparavant. Quoique, en y réfléchissant, elle se dit qu'il avait toujours eu ce côté arrogant, autoritaire. Elle l'avait considéré comme un grand frère et lui avait obéi la plupart du temps. Il devait être furieux de voir les rôles ainsi renversés.

Elle sirotait la citronnade bien fraîche que Viliamu, le maître d'hôtel, lui avait apportée. Les glaçons tintaient joyeusement contre les parois du verre.

L'île était à elle, à présent. En entendant les vagues se briser sur le récil de corail qui bordait le lagon,

Janine soupira d'aise. Elle ressentait un bonheur que même la mauvaise humeur de Ralph ne pouvait atteindre. Il faisait bon être enfin de retour. Elle avait détesté Sydney, tout comme elle avait détesté Londres, où ses parents l'avaient envoyée quatre ans auparavant, pour qu'elle suive un cours commercial. Son père avait expliqué :

— Cela te civilisera un peu !

A Londres, pendant un an, elle s'était débattue avec la sténo, la dactylo, la comptabilité, en songeant aux jours, aux heures, aux minutes qui la séparaient de son retour dans l'île. Elle avait haï la ville, l'hiver, les arbres squelettiques. Quelle frustration de ne pas pouvoir enlever ses chaussures. Souvent, dans son bain, elle contemplait ses orteils, les remuait dans la mousse et fermait les yeux, imaginant la caresse du sable blanc et de l'eau bleue du Pacifique. Londres ne l'avait pas du tout civilisée. La même chose s'était passée à Sydney. Cela avait peut-être été pire, car elle était plus près de chez elle, et à la fois si loin. D'immenses plages de sable fin lui rappelaient son île, ses promenades en mer avec Ralph, ses baignades parmi les hôtes de Blue Haven.

Peu de temps avant qu'il n'entre à l'hôpital pour une opération, son père l'avait surprise sur le balcon de leur chambre d'hôtel. Elle rêvait, les yeux tournés vers le large. Il lui avait posé doucement la main sur l'épaule.

— Vois-tu, Janine, le problème, c'est que tu me ressembles trop. Tu es une fille de l'île.

Elle l'avait regardé à travers ses larmes et avait répondu courageusement :

— Oh, je crois que je m'habituerai à la ville. Je préférerais que tu ne sois pas obligé de vendre Fangufangu, mais nous n'y pouvons rien.

— Je pensais que la vie citadine t'aurait attirée, Jannie. Fangufangu n'est pas un endroit pour une jeune fille comme toi. Il n'y a que des touristes d'un certain âge. Ici, tu pourrais avoir des amis, t'amuser, envisager une carrière. Et puis tu te baignerais, tu te promènerais, exactement comme là-bas.

Elle fut incapable de répondre, mais il avait compris. Une semaine plus tard, Robert Roberts faisait don de l'île à sa fille, le jour même où elle fêtait ses vingt et un ans. Un notaire avait tout préparé pendant qu'elle était en excursion. Muette d'émotion, elle avait éclaté en sanglots et s'était jetée dans les bras de son père.

Plus tard, sa mère lui avait dit que les docteurs se montraient opposés à leur retour dans l'île. Même si l'opération réussissait parfaitement, son père pouvait avoir besoin de soins médicaux urgents.

— Il va donc falloir que nous nous installions ici, avait-elle ajouté.

— Et pour l'argent ? demanda Janine.

— Oh, nous nous débrouillerons.

— Mais, si vous aviez vendu Fangufangu, vous seriez riches.

— Non. La perte de Fangufangu aurait tué Robert plus sûrement qu'un malaise cardiaque. Le fait que tu prennes la suite est ce qui pouvait arriver de mieux... Il avait tellement peur que tu ne préfères la civilisation, en fin de compte, ajouta-t-elle en souriant.

— Oh maman, je déteste la ville. Je n'ai qu'une envie : repartir. Papa sera fier de moi, je dirigerai Fangufangu comme il le faisait lui-même.

— Dieu te protège, ma chérie. Et puis tu as Ralph, sur place, qui pourra t'aider. Robert te donnera bien des conseils également. Il sera heureux que tu le consultes de temps en temps. Mais pour le moment, je pense qu'il vaut mieux lui éviter tout souci.

... C'était merveilleux. Janine comprenait à quel point ils avaient confiance en elle. Pourquoi Ralph la croyait-il incompétente ?

Lorsqu'elle avait quitté Sydney, son père allait beaucoup mieux et il souhaitait déjà passer les prochaines vacances à Fangufangu. Sa mère, quant à elle, demeurait plus réservée à ce sujet. Janine espérait qu'il viendrait.

L'île avait été toute sa vie durant vingt-cinq ans et elle devait lui manquer terriblement. Fangufangu appartenait à la famille depuis plus de cent ans. Ce petit atoll corallien, frangé de palmiers, avait été offert à son arrière-grand-père, capitaine baleinier. Ce dernier avait sauvé la vie du fils du sorcier de l'île. Il s'était installé sur place et avait épousé une femme indigène.

Quand l'arrière-grand-père mourut, Fangufangu se trouvait pratiquement déserte, tout le monde ayant émigré vers les villes. Pendant la Seconde Guerre mondiale, le père de Janine voyageait dans la région. Il visita l'île et ce fut le coup de foudre. La guerre terminée, il décida de venir s'y installer et d'y vivre en paix, loin de l'agitation et du bruit.

Mais habiter seul dans une hutte en feuillage n'était pas dans son tempérament. Robert Roberts utilisa son énergie et son talent pour transformer Fangufangu en petite exploitation touristique. Des gens d'autres îles vinrent travailler pour lui, et, au fil du temps, il devint le pilier d'une petite communauté unie. En plus des touristes qui séjournaient à Blue Haven, les revenus étaient assurés par l'exportation du coprah et de la vanille, que Robert avait introduits dans l'île.

Le site était resté simple et naturel, sans artifices d'aucune sorte. Blue Haven se composait d'un groupe de bungalows, d'un bar-restaurant et d'une petite boutique d'artisanat local. Les invités pouvaient pêcher ou faire de la plongée sous-marine. Ces activités étaient organisées par Ralph, qui possédait et gérait une flotille de pêche. Il n'y avait aucun autre loisir organisé, à part les fêtes dansantes de l'île.

Tous les bungalows étaient construits simplement, avec des palmes de cocotier, mais Robert Roberts les avait disposés autour d'un bâtiment en dur, dans lequel se tenaient la cuisine et le sanitaire. Il avait tout réalisé lui-même, aidé par les gens de l'île.

... Plus tard dans l'après-midi, alors qu'elle flânait dans les jardins, Janine songea que la seule fausse note de son retour était due à Ralph. Elle avait été accueillie avec enthousiasme par tous les autres, et personne ne semblait lui en vouloir de succéder à son père.

Elle essaya de comprendre l'attitude de Ralph. Il avait tout dirigé durant les deux mois où la famille était en Australie. Sachant que Robert ne revenait pas, il était en droit de supposer qu'il continuerait d'être le patron. Comme elle avait pu le constater, il n'était pas du tout disposé à se laisser commander par une femme.

Après avoir bavardé avec les cuisinières, puis avec les vacanciers, sous la véranda, Janine descendit vers la palmeraie, où plusieurs bungalows étaient en construction. Elle fut un peu irritée d'y trouver Ralph, en train de donner des ordres aux hommes qui travaillaient sur le chantier.

Il la regarda venir d'un air amusé. Elle portait le même ensemble que le matin, ainsi que de fines sandales. La brise venue de l'océan faisait voler ses mèches blondes. Parmi les ouvriers, rudes gaillards à la peau mate, elle paraissait fragile et délicate, comme la fleur d'amandier qu'elle avait passée derrière son oreille.

Ralph l'observait toujours, et elle sentait son regard critique posé sur elle.

— Je viens voir où en sont les nouvelles constructions, dit-elle.

— Ça va doucement, fit-il d'un ton neutre. Comme tu le vois, nous n'avons pas reçu le matériel de plomberie.

— J'espère qu'il sera sur le bateau de cette semaine. Tu t'es renseigné, à ce sujet ?

Il fronça les sourcils.

— Oui. J'avais l'intention de rappeler aujourd'hui

pour être sûr que la matériel est à bord, mais je suppose que tu vas t'en charger...

Il paraissait furieux. Janine se mordit la lèvre.

— Je veux simplement savoir ce qui se passe, expliqua-t-elle.

Puis elle ajouta, en le fixant droit dans les yeux :

— Il est inutile de faire deux fois les mêmes choses, de toute façon.

— Bien sûr, rétorqua-t-il sèchement. Bon, eh bien je te laisse.

Il tourna les talons et s'éloigna.

Janine fut un instant désemparée. Elle regarda nerveusement autour d'elle. Qu'avait-il dit à ces hommes ? Quels ordres avait-il donnés ? Elle ne savait quelle attitude adopter. Elle avait envie de fuir, mais, au prix d'un gros effort, elle parvint à reprendre le dessus et s'approcha de celui qui semblait diriger le chantier.

— Mon père ne reviendra pas. Je suppose que vous le savez, annonça-t-elle calmement.

Chacun hocha la tête en silence. Les nouvelles allaient vite, dans l'île. Elle se tourna vers les constructions inachevées.

— Quelqu'un peut-il me dire ce qui manque exactement, pour que je puisse le commander ?

Elle s'attendait presque à ce que le chef de chantier lui réponde poliment qu'il l'avait déjà confié à Ralph, mais à son grand soulagement, il n'en fit rien. Il lui sourit gentiment, puis lui expliqua en détail leur besogne et ce dont ils avaient besoin pour terminer les bungalows.

Janine, d'un coup, se sentit mieux. L'amabilité naturelle des gens de l'île l'aiderait sans doute énormément dans sa tâche.

Quand elle eut fait le tour des installations, en évitant soigneusement le domaine de Ralph, elle regagna le bureau. Elle prit place à la table de son père et contempla un moment les merveilleux tableaux accrochés au mur. Ils étaient peints sur de l'écorce par les femmes de l'île. Elle songea qu'elle en achèterait quelques-uns pour la future maison de ses parents, à Sydney.

Sur le coin du bureau, une pile de courrier avait été déposée, sans doute par Ralph. C'était lui qui s'occupait, avec Felipe, de décharger l'hydravion et d'accueillir les nouveaux arrivants, tous les quinze jours. Elle se demanda s'il continuerait comme avant ou s'il s'attendait à ce qu'elle mette un autre système en place. Ce travail, en effet, ne lui incombait pas et ne lui était pas rétribué. Le canot à moteur lui appartenait, mais elle-même possédait une embarcation plus petite, qu'elle pourrait utiliser le cas échéant. Elle se promit de lui en parler.

Aujourd'hui, elle avait été la seule passagère à bord. Aucun nouveau touriste n'était arrivé, et pas un n'avait quitté l'île. Blue Haven était complet. Cela n'avait rien d'exceptionnel. Les places étaient prises d'assaut. La plupart des gens venaient de la part d'autres, qui connaissaient l'endroit pour y avoir eux-mêmes séjourné. Tous se juraient d'y revenir. Certains tenaient parole, comme les Winterman qui étaient là en ce moment, ainsi que le registre l'indiquait. Ils venaient de Vancouver tous les ans. Les Jenkins, de Nouvelle-Zélande, étaient également très fidèles.

Janine se mit à ouvrir les enveloppes avec un coupe-papier en bambou. Puis elle les tria, mettant de côté celles auxquelles il lui fallait répondre pour le prochain passage de l'avion, dans quinze jours. Cela ne pressait pas. C'était une partie du charme de Fangufangu : rien n'était urgent.

Janine songeait à aller prendre une douche, lorsqu'on frappa à la porte du bureau. C'était Lavinia, la cuisinière. Janine la pria d'entrer.

Lavinia était une femme corpulente, très brune, à

l'air maternel. Elle avait toujours le sourire. Comme toutes les habitantes de l'île, elle portait une robe de coton imprimé, un collier de coquillages et une fleur derrière chaque oreille.

— Le village veut organiser une fête pour votre arrivée, dit-elle. Vous viendrez ?

— Bien sûr, répondit Janine, très touchée.

— Vous n'êtes pas trop fatiguée ? s'inquiéta Lavinia. Vous avez eu une journée harassante.

Janine sourit. Les gens de l'île n'avaient pas du tout la même notion de l'épuisement que les habitants des grandes villes.

— Je suis en pleine forme, et cette fête en mon honneur me fait grand plaisir. J'y serai.

— Ralph m'a dit d'inviter tous les clients. Cela évitera de préparer plusieurs repas.

Janine tressaillit. De quoi se mêlait-il, encore ? Elle dut néanmoins reconnaître que c'était une bonne idée.

— Bien sûr, Lavinia. Pourquoi pas ?

Le soleil sombrait lentement dans la mer quand Janine, après avoir pris une douche, enfila une large robe sans manches en toile de lin. Elle arrangea sa coiffure en y plantant des petits peignes en écaille, puis se passa un collier autour du cou. Elle se sentait bien plus à l'aise que dans son tailleur de citadine.

Emportant un panier, dans lequel elle avait déposé les cadeaux qu'elle avait rapportés pour ses amis, elle sortit et se dirigea tranquillement vers le village. Devant elle, elle aperçut Viliamu en compagnie d'une dizaine de clients. Elle pressa le pas pour les rattraper, mais soudain une ombre surgit de derrière les arbres et vint se glisser à son côté. C'était Ralph.

— Bienvenue à la nouvelle reine de Fangufangu, s'écria-t-il.

Il portait un pantalon de toile beige et une chemise ouverte. Jamais il ne boutonnait entièrement ses chemises. Janine ne s'en était pas rendu compte auparavant, pas plus qu'elle n'avait remarqué sa poitrine musclée, sa taille mince et sa démarche féline.

Elle ne répondit pas mais continua à avancer près de lui. Le ciel s'empourprait, éclairant leurs visages à travers les feuilles de palmiers. Elle le regarda. La clarté du soir lui donnait l'air presque inquiétant.

De loin en loin leur parvenait l'écho des chants mélodieux et des tambourins, avec, comme bruit de fond, les vagues qui se brisaient sur les rochers. Soudain, Janine soupira, presque malgré elle.

— Comme c'est bon, d'être à nouveau chez soi.

— Tu n'as pas aimé l'Australie ? demanda Ralph.

— Je n'en ai pas vu grand-chose, avoua-t-elle. Sydney ne m'a pas déplu, pourtant.

— Il doit y avoir beaucoup de distractions, là-bas, pour une jeune fille. Ce n'est pas comme ici.

— Oui, j'y ai passé de bons moments, mais c'était comme à Londres : j'avais envie de rentrer à la maison.

— Tu étais bien plus jeune, quand tu es allée à Londres. Aujourd'hui, c'est différent. Et puis, tout nouveau, tout beau...

— Que veux-tu dire ?

— Maintenant, tu es propriétaire de l'île ; cependant il faut l'administrer, la diriger. Quand tu connaîtras la routine de ce travail, tu repartiras pour Sydney à toute vitesse !

Il pensait qu'elle ne pouvait plus se passer de la civilisation ! Elle lui prouverait le contraire ; elle était une fille de l'île !

— Je ne crois pas, déclara-t-elle avec conviction.

— Et puis, tes parents vont te manquer, fit-il brusquement.

— Bien sûr, mais grâce au stimulateur cardiaque, papa ira beaucoup mieux et il viendra pour les vacances.

Elle le défia du regard.

— Tu es persuadé que je suis perdue sans eux ou

sans toi, n'est-ce pas ? Eh bien, il va falloir que tu changes d'avis, Ralph.

— Voilà de belles paroles, railla-t-il. J'espère qu'il en sera ainsi.

S'ils n'avaient pas été si près du village, elle l'aurait giflé. Elle se domina et ne riposta pas.

Ils parvinrent à la plage, où la fête devait avoir lieu. Des villageois venaient à leur rencontre avec des guirlandes de fleurs. Ralph souriait, l'air moqueur. Janine l'observa. Son menton rude et volontaire, sa bouche aux contours sévères, son attitude elle-même prouvaient qu'il ne se plierait pas. Jamais il n'accepterait qu'elle soit la patronne. Une vague de tristesse s'empara d'elle. Elle aurait préféré ne pas commander et conserver l'amitié de Ralph, mais elle ne pouvait plus faire machine arrière. La période de calme et d'insouciance était bel et bien terminée.

2

Janine fit de son mieux pour sourire à Ofa, le mari de Lavinia, qui venait de lui offrir une guirlande de fleurs multicolores. Kuini, sa fille, alla en passer une autre au cou de Ralph.

Ofa installa Janine à la place d'honneur. Ralph et Kuini allèrent s'asseoir sur des nattes, en compagnie des autres invités. Tout le monde portait des colliers de fleurs, des robes et des chemises bariolées.

Ces vêtements, ainsi qu'une foule d'autres objets, — coquillages, tapis, paniers — étaient vendus à la boutique de Blue Haven. La plupart des touristes les achetaient à leur arrivée et ne les quittaient plus du séjour. Nombreux étaient les hommes, cependant, qui n'osaient pas porter le pagne des indigènes et restaient en short.

Janine observait tous ces visages familiers, riait et plaisantait avec ses amis, bavardait avec les convives, tout en sentant peser la présence de Ralph. Celui-ci restait immobile dans l'obscurité, avec sur le visage une expression indéchiffrable.

Elle participa à la manifestation de bienvenue, ainsi qu'elle l'avait fait si souvent, répondant traditionnellement aux formules de politesse, accomplissant les gestes rituels. En écoutant la musique, elle se souvint qu'à Londres, longtemps auparavant, elle avait été réveillée en pleine nuit par le son des tambourins. Ceux-ci semblaient si proches : elle pensa qu'il y avait des gens de l'île dans l'hôtel. Mais c'était simplement le fruit de son imagination.

Après la cérémonie, tout le monde se mit à danser. En temps normal, Janine se serait jointe au groupe. Elle adorait la danse et était devenue aussi experte que les indigènes. Mais ce soir, elle pensa qu'elle devait garder toute sa dignité, aussi demeura-t-elle sagement à sa place, à regarder.

Les femmes dansaient d'abord seules. Leurs mouvements gracieux faisaient tinter les bracelets de coquillages ou de bois qu'elles portaient aux bras et aux chevilles. Puis les hommes se joignaient à elles. Les pagnes bigarrés virevoltaient en tous sens, dans une ronde étincelante. L'air sentait bon la vanille et le feu de bois.

Bientôt, les tambourins se turent et le repas commença. De fines tiges de bambou tressés servaient de plats, chargés de mets succulents, cuits en plein air sous la cendre. Il y avait du sanglier, du poulet, des poissons bien dorés, des crabes entiers, mais aussi des avocats, de l'ananas et des bananes. Toutes les assiettes étaient décorées à l'aide de fleurs de toutes sortes. Des couteaux tranchaient le couvercle des noix de coco où l'on puisait le lait frais, délicieux.

Janine était le pôle d'attraction de la soirée, et en était un peu confuse, surtout quand elle s'aperçut que Ralph, un sourire énigmatique au coin des lèvres, ne la quittait pas des yeux. Elle le vit soudain éclater de rire. Kuini était assise à côté de lui, et, en les voyant plaisanter ensemble, Janine se posa une étrange question. Ralph avait-il une femme ?

Elle n'y avait jamais songé auparavant. Il avait parlé et ri avec elle, comme avec toutes les filles de l'île, depuis toujours. Mais y avait-il quelqu'un dans sa vie ? Ralph était un homme, après tout. Elle s'en rendait compte seulement maintenant. Comme elle avait été naïve ! La maladie de son père, les semaines d'angoisse en Australie et le poids de ses nouvelles responsabilités l'avaient mûrie, d'un coup.

Elle considéra Ralph et Kuini d'un regard neuf. Kuini était très jolie. Son jeune corps ambré et ses bras bien galbés luisaient dans la clarté du feu de bois. Janine se demanda si Ralph avait déjà été amoureux, s'il avait pensé à se marier. Il était plus âgé qu'elle. Il avait passé la trentaine. Quand il était venu à Fangufangu, elle était encore toute petite. Elle ne savait rien de lui, sinon qu'il était d'origine danoise. Elle s'était habituée à sa présence, bien qu'il fût toujours un peu mystérieux. Mais elle n'aurait pas dû penser à tout cela. Ces questions la tracassaient, à présent.

Franck Winterman vint s'asseoir à côté d'elle et lui demanda dans un sourire :

— Quel effet cela fait-il d'être la reine de Fangufangu ?

Les mêmes mots que ceux de Ralph, mais dits avec gentillesse, cette fois.

— C'est un peu gênant, avoua-t-elle en riant.

Joan Winterman vint se joindre à eux.

— Je suis heureuse que votre père n'ai pas vendu Fangufangu, commença-t-elle. Il serait dommage de voir cet endroit paradisiaque livré à quelque promoteur...

— Tout de même, c'est un sacré travail pour une jeune fille comme vous, fit Franck Winterman.

— Non, Franck, coupa Joan. Ne sois pas misogyne. Je suis sûre que Janine peut réussir aussi bien que n'importe quel homme. Et puis, ce n'est pas une gamine, c'est une femme active, capable... Et jolie, ce qui ne gâte rien !

— Ce n'est pas grave, dit Janine. Ralph, lui, est persuadé que je n'y arriverai pas. Mais j'ai bien l'intention de prouver que je peux y parvenir.

— Voilà qui est parlé, appuya Joan avec chaleur.

Franck Winterman cherchait à apercevoir Ralph parmi le groupe des convives.

— Ce n'est pas Kuini, qui rit avec Ralph ? Elle va avoir des problèmes avec Felipe, je croyais que c'était sa fiancée.

Janine suivit le regard de Franck Winterman et observa le couple. Un moment, Kuini entraîna Ralph, et tous deux se mirent à danser. Elle vit que Felipe, sans cesser de gratter sa guitare, ne les quittait pas des yeux. Etait-il jaloux ? Avait-il des raisons de l'être ?

Kuini et Ralph avaient donné le signal. Tous les invités se joignirent à eux dans une folle sarabande. Janine fut entraînée elle aussi. Felipe posa sa guitare et s'arrangea pour venir s'intercaler entre Ralph et Kuini, obligeant Janine à saisir la main de Ralph.

— Quelle nuit ! s'écria-t-il en se tournant vers elle.

— Merveilleuse.

— Que cela ne te tourne pas la tête, surtout.

Elle eut à nouveau envie de le gifler, d'autant qu'il ajouta :

— Pourquoi t'es-tu affublée de ces barrettes ? Tu devrais laisser tes cheveux libres, cela te va tellement mieux.

D'un geste rapide, il enleva les peignes d'écaille. La chevelure soyeuse vint encadrer le visage de Janine, furieuse.

— Voilà, c'est mieux ainsi, apprécia-t-il.

Son sourire se fit moqueur, et, d'autorité, il empocha les peignes.

Quand les festivités furent terminées, Janine rentra en compagnie des Winterman. En traversant la palmeraie, elle se surprit à chercher Ralph du regard. Mais il avait disparu. Etait-il avec Kuini ? Elle chassa cette pensée de son esprit. « Après tout, se dit-elle, cela ne me regarde pas. »

Cette nuit-là, malgré l'heure avancée, Janine eut du

mal à trouver le sommeil. Sa première journée dans l'île avait été agréable, mais lui avait laissé entrevoir une foule de petits problèmes qui la tourmentaient à présent, dans le silence de la nuit. Sans compter l'attitude de Ralph, qui lui avait fait une fort mauvaise impression.

Quelque part, au loin, les sons d'un tambourin et d'une guitare s'estompèrent, puis disparurent complètement. Seul subsistait le bruit de l'océan. La clarté de la lune filtrait dans la chambre, à travers les feuilles des palmiers.

Janine s'éveilla à l'aube. Curieusement, elle se sentait en pleine forme. Les doutes de cette nuit étaient envolés. Elle courut à la fenêtre pour se rassurer : Non, elle n'avait pas rêvé, elle était bien de retour.

Le soleil n'était pas levé. Le ciel avait une teinte orangée, et la mer, qu'elle voyait de sa fenêtre, ressemblait à une couverture grise, frangée d'or et d'écume. Instinctivement, elle retrouva les gestes d'autrefois : elle passa un bikini, prit une serviette, puis sortit pieds nus. Elle traversa les allées bordées de palmiers et de lauriers-roses, pour se rendre à la plage.

Il n'y avait personne alentour, il était trop tôt. Dans un moment Lavinia préparerait les petits déjeuners, et le village se réveillerait. Mais pour l'instant, elle avait du temps devant elle. Elle pouvait se baigner, redevenir la Janine gaie, insouciante, qu'elle était avant d'accepter les responsabilités que lui avait offertes son père.

Elle s'arrêta sous un manguier et cueillit un fruit bien mûr. Elle y mordit à belles dents en marchant sur la plage de sable blanc. Le jus de la mangue lui coula sur le menton, mais elle n'y prêta pas attention. Elle était elle-même, naturelle, libre.

Elle posa sa serviette sur le sable, jeta la pelure de mangue aux goëlands et courut vers l'océan, couleur de jade. Elle fut tout d'abord saisie, puis éprouva un immense bien-être alors qu'elle nageait sur le dos, se laissant pratiquement bercer par les flots.

Le jour se levait. Elle regagna la plage et s'assit pour contempler ce merveilleux spectacle de la nature, ainsi qu'elle l'avait fait si souvent dans sa jeunesse.

Quand le soleil fut bien distinct à l'horizon, pareil à un disque sorti de l'eau, Janine replongea et gagna le large, puis revint à nouveau vers la côte. Alors qu'elle approchait de la plage, elle vit quelqu'un assis près de sa serviette. Une vague de bonheur l'envahit quand elle constata qu'il s'agissait de Ralph. Dans le passé, ils se retrouvaient dans le sable fin, s'amusaient dans les vagues ou bavardaient, simplement, à bâtons rompus. C'était la Janine de ce temps-là qui avait réagi involontairement à la présence de Ralph. La nouvelle Janine, elle, le rencontrait sans aucun plaisir.

Elle marcha lentement vers lui, en tordant ses cheveux mouillés. Il lui lança sa serviette.

— Merci, fit-elle.

Tandis qu'elle se séchait, elle prit soudain conscience du regard qu'il posait sur son corps presque nu. Elle en ressentit une impression bizarre. Jamais Ralph ne l'avait troublée ainsi, auparavant.

— Bonjour, murmura-t-il.

Il était en maillot de bain, mais avait apporté une chemise et une serviette. Le vent l'avait décoiffé. Il sourit d'un air un peu moqueur.

— Tu ne t'assieds pas ?

Elle s'installa en prenant ses distances, bien plus qu'elle ne l'aurait fait dans le passé. Il n'y avait plus les mêmes rapports amicaux, entre eux. Elle se demanda pourquoi elle n'avait pas simplement continué son chemin. Mais peut-être espérait-elle une trêve ?

— T'es-tu bien amusé, à la fête ? demanda-t-elle pour dire quelque chose.

— Et toi ? répliqua-t-il avec une pointe d'ironie. Quel effet cela fait-il d'être le grand chef ?

Elle fixa ses orteils aux ongles vernis.

— C'est formidable, fit-elle.

Par défi, elle ajouta :

— J'adore cela !

Il éclata de rire.

— Oh, Janine. Ce n'est pas vrai, ce n'est pas toi !

— Comment cela, ce n'est pas moi ?

— Ta nouvelle image. La femme d'affaires hautaine, sophistiquée, destinée à impressionner les gens de l'île, moi inclus. Alors qu'en réalité tu dois étouffer sous ce déguisement et être restée la douce Janine que nous connaissions tous et que...

Il ne finit pas sa phrase. Janine la termina dans sa tête : « ... Et que nous aimions. »

Simple formule. Personne ne l'aimait, songea-t-elle en ressentant un grand vide intérieur. Son père et sa mère l'adoraient, bien sûr, mais aucun homme ne l'aimait, ne l'avait aimée. Elle n'y avait jamais réfléchi auparavant. Elle avait été heureuse ainsi. Mais tout à coup, pour une raison inconnue... Elle vit Ralph et Kuini, enlacés dans l'ombre propice des palmiers. Pourtant, cette scène ne s'était produite que dans son imagination, elle le savait.

— Les gens vieillissent, dit-elle d'un ton cassant. Même si tu ne t'en aperçois pas.

— Je le sais bien, répondit-il en riant. Mais vieillir n'est pas qu'une question d'apparence physique.

Elle se mit en colère.

— Pourquoi ne me laisses-tu pas tranquille ? Je suis ici, Ralph Svenssen, que cela te plaise ou non, et je compte y rester. Je dirigerai l'île aussi bien que mon père, et ce, malgré toi ! Tu serais heureux de me voir échouer, n'est-ce pas ? Je ne te laisserai pas ce plaisir !

Il l'écouta calmement, puis demanda :

— Ça y est ? Tu as fini ? Tu as toujours été très forte pour te mettre en colère. Si cela te soulage, ne te prive pas pour moi.

— Oh !

Elle était dans une telle fureur qu'elle aurait aimé le frapper de toutes ses forces. Cette fois, ils étaient seuls sur la plage. Mais elle n'en fit rien, sachant qu'il considérerait un tel geste comme un manque de maturité de sa part.

— Ecoute-moi, Janine. Je crois que tu aurais intérêt à être toi-même, au lieu de jouer les personnages importants. Cela ne t'avancera à rien. Tu as beaucoup à apprendre et le plus tôt sera le mieux.

— Quand j'aurai besoin de tes conseils, je t'appellerai. Et ce n'est pas demain la veille !

— Quoi que tu puisses en penser, je ne ressentirais aucun plaisir à te voir échouer.

— Non, mais il ne te déplairait pas de me voir réduite à demander ton aide pour m'en sortir, lança-t-elle avec colère. Mais ne compte pas là-dessus, Ralph. Je préfèrerais vendre que d'en passer par là !

— Si tu vendais, je me porterais acquéreur, dit-il tranquillement.

Elle fut surprise.

— Toi ? Comment pourrais-tu acheter Fangufangu ?

Elle savait qu'il ne possédait pas assez, même s'il hypotéquait sa flotille de pêche. Cependant, il ne cilla pas et afficha un sourire qui la mit mal à l'aise.

— Je crois que je m'arrangerais, dit-il.

Irritée, elle s'écria :

— Tu peux toujours aller ailleurs, si tu n'es pas bien ici !

A peine avait-elle prononcé ces paroles qu'elle les regrettait. Sans Ralph et ses bateaux, elle serait perdue. Les promenades en mer, la pêche, la plongée étaient des activités très prisées. Elle était incapable de s'en passer, ou de s'en occuper elle-même. Il lui faudrait un temps infini pour trouver un remplaçant, s'il partait. Tant pis, elle ne s'excuserait pas.

Il avait accusé le coup.

— Oui, dit-il en contenant sa colère. Peut-être irai-je ailleurs. Ne me pousse pas à bout, Janine. Tu risques d'avoir besoin de moi, un jour.

— Ah oui. Tu voudrais bien que j'échoue complètement pour pouvoir me sermonner et te poser en sauveur. Eh bien, Ralph Svenssen, il va falloir te faire à l'idée que tu n'auras jamais cette joie !

— Et toi, il va falloir te faire à l'idée que diriger Fangufangu n'est pas une partie de plaisir. Regarde-toi. Tu es là, sur la plage, à te prélasser comme une touriste, sans même savoir ce qui se passe là-bas.

Du pouce, il désigna le bâtiment, au-delà de la palmeraie.

— Suppose que Lavinia ne se soit pas levée pour préparer les petits déjeuners, et que Tina et Eleni soient en train de s'affoler. C'est arrivé une fois, après une fête, pendant que tu étais en Australie.

Janine baissa les yeux. Elle le détestait, mais il avait raison. C'était pourtant sa faute. Sans lui, elle aurait regagné la maison depuis longtemps.

— Si tu n'étais pas venu m'importuner...

Il se leva et enfila sa chemise.

— C'est plutôt à toi de connaître tes priorités. Mais je ne voudrais pas te retarder une seconde de plus. Allons-y !

— Pars devant, je serai prête dans un instant.

Elle ne voulait pas faire le chemin avec lui, ni avoir l'air de se ranger à son avis. Il l'avait vraiment mise hors d'elle, ce matin ; plus encore qu'hier. Elle se rappelait avoir éprouvé de la compassion pour lui, la veille. A présent, elle le regrettait.

La jeune fille laissa s'écouler cinq minutes, en priant pour que Laninia se soit bien réveillée. Puis elle se leva, secoua sa serviette et quitta la plage. Cette plage où elle était venue le cœur léger, mais d'où elle partait accablée. Tout cela à cause de Ralph. Pourquoi diable ne la laissait-il pas en paix ?

Elle regardait fixement le sable, dans lequel ses pieds s'enfonçaient à chaque pas. Les sarcasmes de Ralph résonnaient encore à ses oreilles. Ce qui le chagrinait le plus, c'était de ne pas avoir eu le dernier mot. Il avait raison. Elle était restée la Janine qui aimait marcher sur la plage, nager comme un poisson, s'amuser à regarder les mouettes. Elle soupira. Et si elle avait vraiment visé trop haut ?

Soudain, elle s'arrêta. Elle venait de sentir une odeur de brûlé. Elle leva la tête et vit de la fumée par-dessus les palmiers. Horrifiée, elle s'aperçut que cela venait du bâtiment principal.

— Oh, mon Dieu ! Non ! cria-t-elle en se mettant à courir.

Elle entendit hurler. Le cœur serré, elle traversa la palmeraie. C'était dans la cuisine ; la fumée s'échappait par la fenêtre grande ouverte.

Lorsqu'elle parvint dans la pièce, l'atmosphère était irrespirable. Elle vit Lavinia frapper furieusement sur quelque chose, entendit tousser, et se trouva nez à nez avec Ralph. Ce dernier portait un seau d'eau dans chaque main. Dès qu'il l'aperçut, il lança, méprisant :

— Eh bien, ne reste pas là ! Fais quelque chose !

3

Janine n'eut rien à faire. L'incendie, qui n'était pas si important que la fumée aurait pu le laisser supposer, avait été maîtrisé. Il s'agissait seulement d'une poêle emplie de corps gras, qui avait pris feu sur le réchaud. Lavinia, paniquée, avait voulu la porter dans l'évier, et la graisse s'était répandue sur les tapis, les enflammant à leur tour.

Ralph jeta un seau d'eau par terre. Puis Eleni et Tina appliquèrent des serviettes humides sur les bords incandescents des carpettes. Le temps que Janine réalise la scène, tout était fini. Lavinia agitait son tablier pour chasser la fumée et Ralph roulait les tapis carbonisés et trempés pour les emporter à l'extérieur.

Le nuage se dissipait quand Viliamu entra en courant. Mais lui aussi arrivait trop tard. Soudain Janine s'aperçut qu'un groupe d'invités se pressait à l'entrée de la cuisine, en roulant des yeux ébahis.

— Qu'est-ce qui se passe, ici ? lança Franck Winterman, d'une voix inquiète.

La jeune fille se précipita vers eux. Elle eut conscience de leurs regards, surpris par sa petite tenue.

— Ce n'est rien, dit-elle. Beaucoup de bruit pour pas grand-chose ; Dieu merci.

Elle eut un rire forcé.

— Une poêle pleine d'huile a brûlé, mais heureusement, il y a très peu de dégâts. Deux tapis en fibre de coco ont été endommagés. Nous les remplacerons sous peu.

— Vous n'avez pas d'extincteur ? demanda une femme avec anxiété.

— Si, bien entendu ! rétorqua Janine. Mais Lavinia n'a pas pensé à l'utiliser. Comme vous avez dû le remarquer, il y en a un dans chaque bungalow, et je puis vous assurer qu'ils sont remplis et contrôlés régulièrement.

— J'espère bien que tout est prévu en cas d'incendie, fit l'un des hôtes. Le feu pourrait ravager l'île en quelques minutes...

Janine inspira profondément. Elle ne voulait surtout pas laisser s'installer le doute, au sujet de la sécurité à Blue Haven. Par leur attitude, certains invités lui montraient qu'ils nourrissaient également des doutes à son propre sujet. Il faut dire qu'elle devait sembler bien peu sécurisante, dans son minuscule bikini, les cheveux tout ébouriffés, et la peau couverte de taches de suie. Son image sophistiquée de la veille était bel et bien détruite.

Elle essaya d'affermir sa voix.

— Mon père était parfaitement conscient des risques d'incendie, aussi a-t-il équipé chaque bâtiment du matériel nécessaire. Depuis que Blue Haven existe, il n'y a jamais eu aucun incident à déplorer. Le personnel sait ce qu'il doit faire en pareil cas, et je vous affirme qu'il s'agit là d'un petit accident sans gravité.

L'Américain qui paraissait inquiet soupira :

— Bon, si vous nous dites qu'il n'y a pas de problème...

Il s'interrompit alors que Ralph revenait dans la cuisine.

— Ah, Svenssen, vous êtes là. Tout est en ordre ?

Ralph acquiesça, en regardant Janine du coin de l'œil.

— Oui, ne vous inquiétez pas. C'est terminé. Le petit déjeuner vous sera servi dans quelques minutes.

Janine fut irritée de voir les murmures de doute se transformer en soupirs de soulagement. Dès qu'un homme s'en mêlait, tout allait bien ! Elle aurait dû être reconnaissante à Ralph d'avoir calmé les esprits, mais cela lui était impossible. Il avait encore marqué un point !

Les invités se dispersèrent, soulagés, comme si rien ne s'était passé.

Dans la cuisine, Lavinia pleurait et s'excusait pour ce qui était arrivé.

— Cela a été si rapide, expliqua-t-elle. Je n'ai même pas pensé à l'extincteur.

— Ralph non plus, apparemment, fit Janine en voyant les seaux que Viliamu utilisait à présent pour laver le sol. Les deux jeunes filles essuyaient les traces de fumée sur les murs et les bancs. Janine supposa que Ralph leur avait ordonné de le faire. Pourquoi se mêlait-il toujours de ce qui ne le regardait pas ?

Elle demanda à Lavinia si elle avait besoin d'aide pour les petits déjeuners, mais la cuisinière, remise de ses émotions, lui adressa un large sourire et refusa.

— Allez donc vous habiller, Janine, souffla-t-elle. Cela va aller, maintenant. Nous avons eu très peur, mais c'est fini.

Janine allait sortir, quand Ralph entra à nouveau dans la cuisine. Il la toisa de bas en haut, avec une moue de désapprobation.

— Voilà les conséquences, de ne pas être toujours vigilante ! La cuisine aurait pu brûler pendant que tu rêvais, sur la plage.

Janine soutint son regard, mais elle se sentait vulnérable. Sa tenue elle-même la désavantageait. Qu'avait-il dû dire d'elle aux invités ? Qu'elle n'était pas à la hauteur, sans doute ?

— Tout le monde n'est pas intraitable comme toi.

D'autres comprendraient. Les accidents, cela arrive, Ralph.

Soudain, elle remarqua qu'il grimaçait. Elle baissa les yeux et s'aperçut qu'il était blessé à la main.

— Ralph, tu t'es brûlé ! s'écria-t-elle, oubliant sa colère.

Elle lui prit le poignet pour l'examiner de plus près.

— Ce n'est rien, c'est superficiel, bougonna-t-il en faisant mine de retirer son bras.

— Un instant, fit-elle. Je sais reconnaître une brûlure quand j'en vois une. Laisse-moi regarder, Ralph.

La mère de Janine avait été infirmière avant son mariage et avait beaucoup appris à sa fille. Il n'y avait pas de médecin à Fangufangu. En cas de blessure sérieuse, il fallait se rendre à Suva, ou même à Auckland, en hydravion.

Ralph, docile, obtempéra et Janine put constater qu'il souffrait. De grosses cloques commençaient à se former.

— Viens, dit-elle, je vais t'arranger cela.

— Mais ce n'est rien, protesta-t-il. J'ai une trousse de secours, et Felipe me mettra un pansement.

Felipe, ou plutôt Kuini, songea-t-elle.

— Allons, ne discute pas, viens !

Ils se rendirent dans son bungalow, où se trouvaient les médicaments. Elle le poussa dans la salle de bains et le fit asseoir sur un tabouret. Ici, au moins, elle pouvait exercer son autorité sur lui !

Il la regarda, puis soudain éclata de rire.

— Une sacrée tempête dans un verre d'eau, non ?

La jeune fille se retourna, un sourire aux lèvres. Depuis qu'elle était revenue, il n'avait encore jamais employé ce ton amical. Cela lui rappela le passé, lorsqu'ils étaient bons amis. Tout à coup, elle se sentit presque bien avec lui.

— Une tempête dans une poêle à frire ! approuva-t-elle en riant.

Elle lui mit le poignet sous le robinet et passa de la crème sur ses brûlures. Puis elle lui fit un bandage bien serré.

— Merci beaucoup docteur, plaisanta-t-il. Vous avez des doigts de fée.

— Tâche de ne pas te servir de ta main.

— Oui... j'essaierai.

Ses yeux parcoururent la longue silhouette bronzée.

— Je n'avais jamais eu d'infirmière en bikini, auparavant, murmura-t-il. Cela devrait m'arriver plus souvent.

— Tant que ce n'est pas le résultat d'un incendie dans ma cuisine...

Il se leva, examina le bandage.

— Merci, Jannie, dit Ralph brusquement. Merci beaucoup.

Jannie ! Il ne l'avait pas appelée ainsi depuis si longtemps ! Elle en fut légèrement troublée.

— Il faudra que je change ton pansement tous les jours, remarqua-t-elle avec le plus de détachement possible. Les brûlures s'infectent vite.

Il hocha la tête.

— Tu as raison. Merci.

Comme il tournait le dos, elle le rappela.

— Ralph...

Il vit volte-face et la regarda droit dans les yeux.

— Ralph, parvint-elle à articuler, merci d'être intervenu quand il le fallait.

Il haussa vaguement les épaules et sortit sans un mot.

Janine rangea la boîte à pharmacie, prit une douche et enfila une robe turquoise, qui mettait en valeur la couleur de ses yeux. Son choix n'était en rien dû à la réflexion que Ralph lui avait faite sur la plage, songea-t-elle, tout en mettant de côté les tailleurs qu'elle avait rapportés de Sydney. Non, simplement, elle se sentirait plus à l'aise dans cette robe de coton. Intérieurement, elle était persuadée que Ralph avait raison : à quoi bon changer de style ? De toute manière, son image sophistiquée avait été gâchée par son apparition, ce matin, en bikini.

En coiffant ses cheveux blonds, elle pensa que son père n'avait jamais eu de problèmes pour s'imposer en tant que patron. Pourtant, il avait passé sa vie en short kaki et en chemisette. Mais c'était un homme... Elle soupira et jeta la brosse sur la table. L'arrogant Ralph Svenssen ne s'était pas opposé à lui.

Elle observa son visage sans fard. Elle avait quelque chose de juvénile, avec ses yeux en amande et ses fossettes. Elle se maquilla légèrement les paupières, mais ne toucha pas à ses cils, longs et soyeux. Afin de rappeler le bracelet de coquillages qu'elle portait, elle appliqua une touche de rouge à lèvres sur sa bouche bien dessinée. Puis elle se fit une queue de cheval. Si cela ne suffisait pas à lui donner l'air autoritaire, cela la vieillirait au moins un peu...

La fine robe de coton lui allait comme un gant. Elle marchait avec les mêmes mouvements gracieux que les femmes de l'île, auprès desquelles elle avait grandi. Le tissu légèrement transparent de sa robe laissait deviner ses cuisses au galbe parfait et sa poitrine bien ferme : elle ne se rendait absolument pas compte qu'elle était ainsi beaucoup plus provocante, que si elle avait été nue.

Lorsqu'elle arriva à la cuisine, elle constata avec bonheur que l'incident du matin était oublié. Lavinia chantonnait, et seules quelques traces de suie sur les murs rappelaient la scène. L'odeur de fumée avait fait place à celle, plus appétissante, des œufs frits, du bacon et du café. Janine s'assura que tout allait bien puis passa dans la salle de restaurant. Les invités qui se trouvaient là l'accueillirent chaleureusement. Soulagée, elle se détendit.

Franck Winterman la rejoignit sous l'immense

veranda où elle s'était assise un instant. Il lui sourit amicalement.

— Alors, ce baptême du feu ?

— Ne m'en parlez pas. Si papa savait cela, je crois qu'il réfléchirait deux fois avant de me confier la succession.

Le Canadien lui posa la main sur l'épaule.

— Ne prenez pas cet incident trop à cœur, Janine. Vous en verrez sûrement d'autres. Votre père a du cran et, sans vouloir vous flatter, je suis sûr que vous tenez de lui.

Elle fut si touchée par cette marque de confiance qu'elle sentit les larmes lui monter aux yeux.

— Merci, Franck. Si seulement Ralph pouvait réagir comme vous.

— Oh, Ralph n'est pas un méchant garçon. Il faut lui laisser le temps de s'habituer, voilà tout.

Elle soupira.

— J'espère que vous avez raison. Je ne pensais pas qu'il aurait cette réaction en me voyant prendre la suite de mon père.

Franck Winterman se fit énigmatique.

— Peut-être a-t-il une autre raison, de se comporter ainsi...

— Que voulez-vous dire, Franck ?

Il se contenta de sourire et de hausser les épaules.

— Ce sera à vous de le découvrir. Mais il ne faut pas que je vous garde là, à bavarder, alors que tant de travail vous attend.

Il sortit de la pièce. Pendant un instant, elle demeura assise, perplexe. Puis Viliamu vint lui demander ce qu'il devait faire, au sujet des liqueurs...

A mesure que les jours s'écoulaient, Janine se rendait compte à quel point il était éreintant de diriger Blue Haven. Son père l'avait bien prévenue qu'il s'agissait d'une rude tâche, mais elle ne soupçonnait pas qu'elle serait aussi ardue. A croire qu'il y avait toujours quelqu'un derrière la porte du bureau, guettant le moment où elle serait assise pour venir lui présenter des papiers à signer, lui poser une question ou réserver une partie de pêche avec Ralph.

Comme elle manquait d'expérience, la moindre occupation lui prenait beaucoup de temps. Et elle consacrait ses rares moments disponibles à bavarder avec l'un ou l'autre. Les invités semblaient l'apprécier et ne manquaient jamais une occasion d'engager la conversation avec elle ; soit pour lui demander des nouvelles de son père, soit pour connaître le nom d'un coquillage, d'un poisson ou d'une fleur. Janine ne considérait pas cela du tout comme une corvée. Elle était liante et amicale. Pourtant elle s'aperçut vite que si elle voulait mener ses affaires à bien, elle ne pouvait plus se comporter comme du temps où ses parents dirigeaient l'île.

Beaucoup de gens l'aidaient, bien sûr, mais cela ne diminuait pas ses responsabilités. Du temps de Robert Roberts, Fangufangu fonctionnait tranquillement, comme une horloge. La décontraction était de rigueur, et rien n'était négligé ni bâclé. Janine comptait fermement conserver cette façon d'agir, surtout depuis les dures paroles de Ralph. Elle resterait toujours aux aguets. Jamais plus il ne la prendrait en défaut comme l'autre matin.

Il n'était pas revenu pour que la jeune fille lui change son pansement. Elle le fit remarquer à Felipe, un matin, alors que celui-ci venait chercher la liste des réservations pour les bateaux — parties de pêche, plongée sous-marine, promenades en mer.

— Ne t'inquiète pas, Janine. Kuini s'en est occupé.

Elle l'observa à la dérobée. Il ne semblait montrer aucun signe de jalousie. Intriguée, elle poursuivit :

— Kuini et toi allez bientôt vous marier, n'est-ce pas, Felipe ?

Il haussa les épaules d'un air blasé.

— Oh, avec Kuini, comment savoir ?

A la fin de la semaine, Janine eut presque envie de célébrer un anniversaire. Sept jours complets s'étaient écoulés et tout allait bien ! Elle se montrait satisfaite à plus d'un titre.

Le bateau, pour une fois, était arrivé dans les temps prévus, avec à son bord le matériel de plomberie tant attendu. Les bungalows allaient pouvoir être achevés. Robert Roberts y tenait beaucoup. Janine également.

Quotidiennement, elle allait voir où en étaient les travaux. Le bateau avait livré quelques meubles, mais il en manquait encore beaucoup. Elle espérait que tout le reste serait là dans quinze jours.

Quand elle se rendait ainsi sur le chantier, elle s'assurait qu'elle avait une heure ou deux devant elle, pour pouvoir répondre aux invitations des femmes, qui aimaient à converser avec elle et lui offrir des boissons fraîches. Parfois même, Janine participait au tissage des nattes ou des paniers. Un jour, au retour d'une de ces petites expéditions matinales, elle trouva Ralph dans le bureau, bouillant d'impatience.

— Où étais-tu ? demanda-t-il avec colère.

— Au village, pourquoi ?

— Tu n'as rien d'autre à faire que d'aller te promener ?

Les veines de son cou saillaient et ses yeux lançaient des éclairs.

Janine lui fit face délibérément. Elle n'avait pas de comptes à lui rendre, après tout.

— Que se passe-t-il ? s'enquit-elle.

Elle remarqua que Ralph ne portait plus de bandage. Une marque rouge apparaissait à l'endroit de la brûlure, et elle en eut mal pour lui.

— Tu as oublié de me signaler que M. Furlanger avait réservé pour aller plonger, ce matin, explosa-t-il, les mains aux hanches. Il m'a presque insulté parce qu'il était persuadé que c'était de ma faute. Je me trouvais en mer à ce moment-là, et il a attendu près de deux heures. Je t'assure qu'il est furieux. Il a dit que depuis que Robert n'était plus ici, tout allait de travers.

Tandis qu'il parlait, Janine se mordit la lèvre. Oui, elle s'en souvenait, à présent. Au lieu de venir au bureau comme tous les invités le faisaient, M. Furlanger l'avait abordée entre deux portes, pour la prier de retenir sa place. Sachant que Ralph était libre à l'heure voulue, elle avait répondu que cela ne posait aucun problème, qu'elle s'en occupait. Et puis elle l'avait complètement oublié ! D'habitude, quand un hôte lui demandait quelque chose, elle le notait immédiatement sur un petit carnet qu'elle avait toujours sur elle. Mais hier soir, elle portait une robe sans poches...

— Je suis désolée, Ralph... M. Furlanger m'a parlé alors que j'étais très occupée, et sa requête m'est sortie de l'esprit.

— Tu ne dois oublier les désirs des clients sous aucun prétexte, insista Ralph avec rudesse. C'est une règle d'or. Si je ne peux pas compter sur toi, j'aime autant qu'ils viennent réserver directement au hangar à bateaux.

— Cela ne serait pas très pratique, soupira-t-elle. Félipe et toi n'êtes presque jamais là.

— J'accrocherai une ardoise. Chacun pourra laisser son message.

Janine serra les dents. Les invités avaient l'habitude de venir au bureau, et le hangar de Ralph était à un bon kilomètre de distance. Elle espérait qu'il ne s'accrocherait pas à cette idée uniquement à cause d'une seule erreur.

— Je ne pense pas que cela leur ferait très plaisir, objecta-t-elle froidement.

— Cela leur ferait peut-être plus plaisir que de ne pas avoir de réservation du tout !

Janine lui en voulait d'être aussi buté.

— Ecoute, Ralph. Je t'ai dit que j'étais désolée. Personne n'est infaillible, tu sais. Pas même toi. J'irai présenter mes excuses à M. Furlanger et je ferai en sorte que cela ne se reproduise pas.

Janine avait déjà remarqué combien ce riche Américain était impatient et intraitable. Alors bien sûr, s'il avait attendu pendant deux heures...

Ralph parut se détendre un peu. Il la regarda longuement et finit par déclarer :

— Voilà à quoi mène le surmenage. La lumière brille chez toi jusqu'après minuit. Tu es en train de t'épuiser...

— N'est-ce pas ce que tu espères ? Me voir craquer ?

— Allons, rends-toi compte que tu en fais bien plus que tu ne le devrais.

Janine se raidit. Il avait le don de l'exaspérer.

— C'est mon problème, répliqua-t-elle d'un ton sec.

Il amorça un sourire.

— Tu es un petit animal têtu, hein ?

Il lui avait adressé ce reproche des dizaines de fois dans le passé. Ce souvenir, sans raison, la fit tressaillir.

— Tu vois, je n'ai pas changé.

La colère de Ralph semblait s'être volatilisée. Il la dévisageait tranquillement. Elle se surprit à frissonner sous son regard chaud et scrutateur.

— Ce soir, peut-être devrais-tu offrir un verre ou deux à ce cher M. Furlanger, cela le calmera.

— Oui, puisque tu as été incapable de le faire toi-même...

Avant de sortir, il la toisa d'un œil noir, et elle sentit qu'elle venait de marquer un petit point.

Elle savait pertinemment qu'elle était dans son tort, mais elle avait décidé que Ralph Svenssen n'aurait pas le dessus.

4

Une autre semaine s'écoula, sans problèmes. Un après-midi, tandis que Janine aidait Eleni derrière le comptoir, il se passa quelque chose dont l'importance ne lui apparut que beaucoup plus tard.

Elle était venue pour discuter du réapprovisionnement avec Viliamu et n'avait pu s'empêcher de mettre la main à la pâte. C'était une habitude chez elle. Elle se sentait incapable de rester les bras croisés quand les autres travaillaient. Tandis que Viliamu contrôlait ses stocks, Eleni avait les mains plongées dans l'eau savonneuse et Janine, avec application, essuyait et rangeait chaque verre sur l'étagère correspondante. Elle était parfaitement détendue. Tout se déroulait à peu près sans encombre. Par superstition, elle croisa les doigts.

Soudain, des éclats de voix vinrent couvrir le murmure des invités qui étaient au bar. Janine se pencha pour regarder à travers les vitres de la véranda. Elle aperçut Ralph, accompagné de Franck Winterman. Tous deux bavardaient et riaient de bon cœur. Janine, avec un soupir, retrouva le Ralph qu'elle avait toujours connu : détendu, de bonne humeur. Mais depuis qu'elle était rentrée, il ne s'était plus montré sous ce jour-là devant elle. Il ne s'adressait à elle que pour la réprimander ou lui donner des conseils, et quand il riait, c'était par dédain ou par moquerie. Il avait quitté son masque une seule fois, le jour du pansement, mais cette trêve avait été de courte durée. Peut-être même regrettait-il de l'avoir observée...

Les deux hommes avancèrent et se perchèrent sur les hauts tabourets. Viliamu s'approcha aussitôt d'eux pour les servir. Ralph se tourna vers Janine.

— Alors, tu fais la plonge, à présent ?

— Et pourquoi pas ? fit-elle d'un ton léger.

Franck Winterman lui sourit gentiment.

— Elle est adorable, avec son petit tablier, dit-il.

Il poussa Ralph du coude.

— Tout de même, il faudrait bien qu'un homme s'occupe d'elle, vous ne croyez pas ?

— Oh non, merci, monsieur Winterman, répliqua vivement Janine. Je me débrouille très bien toute seule. Il n'y a que Ralph, pour être persuadé du contraire !

Ce dernier ne releva pas. Un couple d'Australiens s'installa à l'autre bout du comptoir. Janine posa son torchon humide, puis se dirigea vers eux. Tandis qu'elle leur servait une bière et un whisky-soda, la conversation de Ralph et de Franck Winterman lui parvenait par bribes. Elle n'y prêtait guère attention quand elle entendit prononcer le nom de son père, puis le sien. La jeune fille dressa alors l'oreille. Ralph parlait trop doucement pour qu'elle puisse comprendre ses propos. En revanche, elle distinguait parfaitement les paroles de Franck Winterman.

— ... Je ne m'attendais pas à ce que la fille de Robert soit si vaillante. Elle est belle comme un cœur et en plus intelligente. Au moins, elle ne se laisse pas marcher sur les pieds ! Regardez-moi cette gamine, Ralph, qui dirige tout elle-même. Admirable, non ?

Janine cessa d'écouter pour accorder son attention aux Australiens. Ils lui racontèrent qu'ils avaient effectué le tour de l'île et que du sommet de la colline, la vue était grandiose. Cela lui était bien égal. Elle aurait donné cher pour entendre la réponse de Ralph ! Hélas, le babillage des invités l'en empêcha. Ralph devait être furieux que Winterman soit aussi élogieux à son sujet !

Franck poursuivait :

— ... Je me doute que vous aimeriez bien gérer tout cela vous-même...

La suite se perdit dans le pétillement du soda versé dans un verre, mais elle capta la dernière phrase de Franck :

— ... Eh bien, il y a une solution : épousez-là !

Janine se sentit devenir aussi écarlate que la fleur d'hibiscus qui était dans ses cheveux. Ralph, l'épouser ! Quelle mauvaise plaisanterie, quel affront, quel... Mais, alors que tout son être se rebellait contre une idée aussi extravagante, elle eut soudain une curieuse sensation qu'elle ne parvint pas à s'expliquer.

Ralph et Franck Winterman prirent leurs verres et allèrent s'asseoir à une table, dans la véranda. Janine les suivit du regard, tout en écoutant poliment M. et Mme Palmer, et en répondant à leurs questions concernant l'île.

Comme il aurait été merveilleux d'avoir quelqu'un à qui parler, à qui se confier le soir, après la journée de travail ! Quelqu'un qui partage ses soucis, qui l'aide à prendre les décisions difficiles ! (Elle s'étonna de la tournure que prenaient ses pensées.) Oui, ce serait sûrement agréable d'être mariée... Mais pas avec Ralph Svenssen ! Plutôt mourir !

C'était la première fois qu'une telle idée traversait l'esprit de Janine. Il y a quelques mois, voire quelques semaines, elle aurait encore pouffé de rire, rien que d'évoquer le sujet. Les hommes, le mariage, cela ne l'intéressait pas. Un vrai garçon manqué ! Mais un changement ne s'était-il pas opéré en elle au cours des semaines passées ?

Distraitement, elle regarda les Palmer. Ils étaient en

voyage de noces, et elle se surprit à les envier. Que ressentait-on lorsqu'on était amoureux ?

La jeune fille soupira, saisit son torchon et se remit à essuyer les quelques verres qui restaient. Un soudain sentiment de solitude s'empara d'elle.

Tout l'après-midi, Janine essaya de se raisonner. En vain. Elle se sentait nerveuse et ne parvenait pas à se concentrer sur ce qu'elle entreprenait. A onze heures du soir, les mots de Ralph résonnaient encore à ses oreilles. Peut-être, effectivement, en faisait-elle trop... Elle hocha la tête. C'étaient toujours les paroles de Ralph qui venaient l'accabler, la conseiller, l'aiguillonner, souvent avec raison, d'ailleurs.

— Ah, et puis au diable Ralph Svenssen !

Elle éteignit la lumière et ouvrit la porte de son bungalow.

La nuit était claire, le ciel parsemé d'étoiles. Les vagues venaient se briser furieusement sur le récif de corail, de l'autre côté du lagon, et l'odeur des amandiers se mêlait à l'air doux et frais. Sachant qu'elle ne dormirait pas malgré sa fatigue, Janine décida de marcher un peu au bord de l'eau. La mer avait des vertus régénératrices. Rien de tel que l'air salin pour détendre le corps et l'esprit !

Elle laissa ses sandales à l'intérieur, défit sa queue de cheval et se dirigea vers la plage. La longue bande de sable blanc était couverte d'empreintes de pas et décorée çà et là de châteaux bâtis par les enfants. Dans la nuit, la marée effacerait toutes ces traces humaines et la plage retrouverait son aspect primitif.

Janine cheminait lentement et savourait la fraîcheur de la nuit. Certaines vaguelettes venaient jusqu'à ses pieds, et de tout petits crabes s'enfuyaient à son approche. Quelques lumières brillaient à travers les feuilles des palmiers. Plus loin sur la plage, les fenêtres du logement au-dessus du hangar à bateaux étaient éclairées. Ralph ne dormait pas, lui non plus.

Absorbée dans ses pensées, elle s'aperçut soudain avec étonnement qu'une silhouette venait vers elle. Elle ne reconnut pas Ralph tout de suite.

Que faisait-il dehors à cette heure avancée ? Il n'avait aucune expression sur le visage et, dans la clarté de la lune, la fossette qu'il avait au menton semblait plus profonde qu'à l'accoutumée. Un curieux petit frisson la parcourut. Etait-ce la crainte ? Non, elle n'avait pas peur de Ralph Svenssen. Pourtant, son cœur battait comme si elle avait couru.

— Tu sors bien tard, constata-t-il.

— Oh, maintenant, je suis une grande fille, et maman m'y autorise, fit-elle moqueuse, d'une voix de gamine. Et la tienne, te le permet-elle ?

Il sembla ne pas avoir entendu.

— Tu veilles beaucoup trop souvent, Janine, lui reprocha-t-il en fronçant les dourcils.

— Je sais, tu me l'as déjà dit. Mais cela me regarde, Ralph. J'ai énormément de travail.

— Tu n'as pas besoin de ruiner ta santé pour autant.

Il avait parlé d'un ton docte et grave, comme si le sort de la jeune fille l'inquiétait vraiment. Etait-il revenu à de meilleurs sentiments ? Elle rétorqua :

— Eh bien, tu ne manques pas d'aplomb ! C'est bien toi, qui me conseillais encore récemment de rester vigilante, non ?

Il amorça un sourire. Il avait un grain de beauté sur la joue gauche, tout près de la lèvre. Curieusement, elle le remarquait pour la première fois.

— Il ne fallait pas appliquer ce principe à la lettre.

— Comment savoir avec toi ? Tu as l'air si dur, Ralph. Tes réactions sont totalement imprévisibles. Quand je pense que tu es monté sur tes grands chevaux, uniquement parce que j'avais oublié le malheureux rendez-vous du pauvre Furlanger...

A son grand étonnement, il s'excusa.

— Oui... Je suis désolé. Furlanger a été vraiment désagréable avec moi.

Cette attitude désarçonna complètement Janine. Elle bégaya.

— Oh, c'est ma faute. Je... Je n'aurais pas dû oublier. Si je l'avais noté tout de suite... Mais il y a tant de choses auxquelles je dois penser, je...

Sa voix s'enroua. Bloquée par l'émotion, elle ne put terminer sa phrase.

Avant qu'elle n'ait pu réagir, Ralph l'avait prise dans ses bras, doucement, tendrement. Elle eut envie d'enfouir sa tête au creux de sa large poitrine, mais elle n'en fit rien. C'était Ralph, après tout. Les excuses qu'il avait formulées ne changeaient pas les choses.

— Tu accomplis du bon travail, Janine. Je tenais à ce que tu le saches.

La jeune fille n'en croyait pas ses oreilles. Elle le dévisagea, incrédule. Il lui adressa un sourire affectueux exactement comme avant, quand ils étaient amis. Oh oui, songea-t-elle, soyons amis à nouveau et cessons ces querelles entre nous. Si au moins il avait pu la comprendre...

— Merci, Ralph, je...

Janine ne put en dire plus. Il lui caressa d'une main ferme la joue, puis attira son visage tout contre sa poitrine. Il lui effleura lentement les cheveux. Quand elle sentit ses doigts contre sa nuque, elle se mit à pleurer, sans bruit. Ses larmes mouillaient la chemise de Ralph. Une odeur chaude et enivrante émanait de lui.

Le changement d'attitude de Ralph la prit au dépourvu. Cette manifestation de tendresse, inattendue de sa part, l'avait bouleversée. Elle n'opposa aucune résistance lorsqu'il pencha la tête pour l'embrasser. Il avait les lèvres tièdes et un peu salées. C'était la première fois qu'il déposait un baiser sur ses lèvres.

Janine cessa tout à coup de penser et se laissa aller, détendue, dans les bras accueillants de Ralph. Elle était heureuse d'être ainsi blottie contre sa poitrine musclée.

Soudain, Ralph desserra son étreinte, presque brutalement. Il eut un léger tremblement, comme s'il cherchait à maîtriser ses élans. La jeune fille en fut étrangement déçue. Elle observa son visage, si proche du sien, détaillant les petites rides qui partaicnt du coin des yeux. Ces lignes se creusèrent quand il lui adressa un tendre sourire. Un sourire inconnu et pourtant familier.

Il lui prit le bras, et ils marchèrent ensemble le long de la grève.

— Comment va ta main ? demanda Janine.

Il remua les doigts.

— Bien ! Je cicatrise très vite, grâce à l'eau salée. Les embruns sont excellents pour les brûlures.

Elle hocha la tête. Elle se sentait trop bien pour avoir envie de parler. Un sentiment nouveau, fragile, qu'elle ne voulait pas briser, l'avait envahie.

Ralph non plus ne disait rien. Comme ils atteignaient l'ombre grise du hangar à bateaux, il suggéra négligemment :

— Puis-je t'offrir un café ?

— Oui, je veux bien, fit-elle, ravie de pouvoir prolongcr cc moment de détente.

Elle n'était pas venue chez Ralph depuis longtemps. Cela n'avait pas changé. Son intérieur était confortable, bien que dépouillé. Les livres, les gravures, les instruments et les cartes de marine lui conféraient une note typiquement masculine. Ralph passa dans la cuisine pour préparer le café. Elle s'assit sur le divan qui servait de lit la nuit, et ramena ses jambes sous elle. La clarté orangée de la lampe accentuait le rouge de ses pommettes.

Janine fit quelques commentaires sur la disposition

de la chambre. Ralph, de la cuisine, ne répondit pas. Quelques instants plus tard, il revint avec une cafetière.

— Cela sent bon. Tu as toujours su faire un véritable café, Ralph.

— J'ai bien peur qu'il n'y ait pas grand-chose à manger, s'excusa-t-il.

— Merci, je ne veux rien. Les petits gâteaux me sont défendus.

La jeune fille se pinça la hanche avec un sourire malicieux.

— Pourtant, dit-il en la détaillant du regard, tu n'as pas besoin de t'inquiéter de ce côté-là.

Janine but son café à petites gorgées, sans quitter Ralph des yeux. Le liquide brûlant lui causa une curieuse sensation.

— Tu as ajouté du rhum !

Il eut un petit rire.

— Tu es assez grande pour en boire, non ?

— Je me souviens de la première fois où tu m'as offert un café-rhum. Quand maman s'en est aperçu, à mon haleine, elle m'a soupçonnée d'avoir cambriolé le bar !

— Lui avais-tu avoué que c'était moi le fautif ?

— Bien sûr. Cela l'a beaucoup amusée. Elle ne t'imaginait pas du tout en train de dévoyer les petites filles...

— Et les grandes...

Une lueur coquine brilla dans les prunelles de Ralph. Janine s'adossa aux coussins rembourrés. L'alcool lui procurait une agréable sensation de bien-être.

— Ralph, que faisais-tu donc avant de venir à Fangufangu ?

La question parut le surprendre.

— Pourquoi ?

— Oh, par curiosité. Je ne sais pas grand-chose de toi, en réalité.

Il haussa les épaules.

— Je me suis promené un peu partout...

— C'est vague. Tu ne m'as jamais raconté ta vie. J'ai appris que tu venais du Danemark, c'est à peu près tout.

— Pourquoi veux-tu en savoir plus ? Tu me connais depuis plus de dix ans. N'est-ce pas suffisant pour se faire une idée de quelqu'un ?

— Je suis simplement curieuse... Où vivais-tu, au Danemark ?

Il rit doucement.

— Dans une jolie maison, à Copenhague, avec mon père, ma mère, et mon frère jumeau.

— Tu as un frère jumeau ? Pourquoi ne m'en as-tu jamais parlé ?

— J'ai dû penser que cela n'avait pas une grande importance.

Elle fut quelque peu agacée par sa réponse.

— Et tes parents, ils sont toujours là-bas ? N'as-tu pas envie d'y retourner ?

— Non. Je me sens parfaitement bien ici. Mes parents sont décédés, mais mon frère habite toujours Copenhague.

— Je croyais les jumeaux inséparables.

Il sourit, un peu tristement.

— Oh, John a sa vie, et j'ai la mienne. Désires-tu un peu plus de café ?

Elle tendit sa tasse. De toute évidence, il ne tenait pas à évoquer son passé. Elle ne voulut rien gâcher en insistant, aussi écourta-t-elle :

— Pourquoi es-tu venu à Fangufangu ?

— Pourquoi pas ?

— Ce n'est pas une réponse.

Il croisa les mains derrière la tête et allongea les jambes.

— Quand j'étais jeune, mon père nous emmenait souvent nous promener en mer. En outre, j'étais passionné par les romans d'aventure. Je voulais habiter sur une île dans le Pacifique. Lorsque j'ai quitté l'école, j'ai décidé de réaliser mon rêve. J'ai travaillé sur un cargo, qui m'a laissé aux Fidji. Et là, j'ai rencontré ton père.

Il lui sourit gentiment.

— Satisfaite ?

Janine le regarda, pensive.

— Tu n'aimes pas beaucoup parler de toi, Ralph, n'est-ce pas ?

— Il y a des sujets plus intéressants. Par exemple, comment vont tes parents ?

Janine aurait voulu avoir plus de détails, savoir tout de sa vie passée, mais elle sentait qu'il était inutile de le presser de questions. Il ne se livrerait pas.

— Maman a téléphoné hier, mais la ligne était très brouillée. Papa va bien. D'après ses dires, le stimulateur cardiaque a fait de lui un autre homme. C'est tout ce que j'ai pu entendre, mais maman m'a envoyée une lettre avec plus de précisions.

— Eh bien, ce sont de bonnes nouvelles. Tant mieux.

Janine soupira. Elle ne s'était pas sentie aussi sereine depuis bien longtemps. Tout irait bien, à présent que Ralph était à ses côtés. Elle le regarda et son cœur bondit. Elle aurait aimé l'embrasser, comme tout à l'heure, sur la plage.

— Merci, Ralph, pour ton compliment, à propos de mon travail. Tu sais, je... Je suis un peu dépassée, parfois. J'ai eu de la chance que tout se passe bien ces deux dernières semaines, mais...

Il s'approcha d'elle et lui prit la main.

— Je m'en veux, la coupa-t-il. Je t'ai sous-estimée. J'avais oublié que tu étais...

— Un petit animal têtu !

— Exactement.

— Tu te souviens, le jour où tu as parié que je

n'aurais jamais fini de gratter la coque du *Ohaï II* avant la tombée de la nuit ?

Il éclata de rire.

— Oui, et tu as failli te tuer pour me prouver le contraire !

Il lui adressa un regard inquiet.

— Tâche de te ménager, Jannie.

Elle fut heureuse qu'il l'appelle ainsi à nouveau.

— Oui, je te promets d'essayer.

— Il faut que tu gardes des forces. On ne sait pas ce qui peut se passer. Les ennuis arrivent toujours quand on ne les attend pas.

— Je sais. Je suis sans arrêt en train de me demander quelle catastrophe me guette. Mais j'apprendrai vite à prendre les choses comme elles viennent. Papa agissait ainsi, n'est-ce pas ? L'as-tu déjà vu dépassé par les événements ?

Ralph secoua la tête.

— Jamais !

Janine reposa sa tasse et jeta un coup d'œil à la pendule, au mur.

— Mon Dieu, Ralph, il est très tard. Il faut que j'aille me coucher.

Elle lui sourit, et ajouta :

— Je crois que je vais bien dormir, cette nuit. Grâce à toi. Merci pour le café. Merci pour tout.

La jeune fille se leva. Il l'imita, lui prit vivement les mains et approcha son visage du sien. Janine ferma les yeux et attendit. Allait-il l'embrasser passionnément ? Au lieu de cela, comme précédemment sur la plage, il eut un petit mouvement de retenue, et se contenta d'effleurer sa bouche.

— Oui, je pense qu'il vaut mieux que tu partes, murmura-t-il avec tendresse.

Du bout du doigt, il lui caressa la joue, puis se dirigea vers la porte.

— Je vais te raccompagner.

— Non, Ralph, ce n'est pas la peine. Merci.

Il insista.

— Ralph, s'il te plaît... Je préfère...

Il lui passa la main dans les cheveux et lui déposa un baiser sur le front.

— Comme tu voudras. Alors, à demain, Jannie.

Elle reprit le chemin de la plage, se retournant pour agiter la main en direction de Ralph. Sa silhouette se découpait dans la clarté orange de la lampe. Elle marcha à grands pas dans le sable frais.

Le sang lui battait aux tempes. Janine avait le cœur léger. Pas étonnant qu'elle n'ait jamais songé au mariage, jamais regardé les hommes qui venaient dans l'île, jamais désiré être embrassée... Elle s'en rendait compte ce soir : elle était amoureuse de Ralph Svenssen depuis toujours !

La veille, cette évidence eût été insupportable. Cette nuit, elle devenait merveilleuse. Elle comprit pourquoi elle était malheureuse, loin de Fangufangu, pourquoi elle avait le cœur si lourd. Son île lui manquait, bien sûr, mais sans qu'elle le sache, c'est la présence de Ralph qui lui faisait le plus défaut. Il avait toujours été si familier, si présent dans sa vie... Son arrogance, sa colère, tout cela semblait si loin, maintenant.

Janine prit place devant sa coiffeuse et brossa ses cheveux emmêlés par le vent. Elle se rappelait les doigts de Ralph sur sa nuque. Songeuse, elle caressa les mèches blondes en se regardant dans la glace.

Et soudain le rêve s'effondra. Son sang se glaça dans ses veines. Mon Dieu, comment peut-on être aussi stupide, aussi naïve ? Elle s'était laissé prendre au plus vieux piège du monde.

Pourtant, cela sautait aux yeux. Le changement d'attitude de Ralph lui avait été dicté par les paroles de Franck Winterman : « Il y a une solution, Ralph, épousez-là ! »

Janine demeura prostrée, tandis que les mots de

Franck tournoyaient dans sa tête. Peut-être Ralph avait-il été réticent, au début. Puis il avait dû réfléchir et comprendre que c'était le seul moyen d'obtenir ce qu'il voulait. Comme il devait être fier de son succès de ce soir !

Elle n'était qu'une marionnette entre ses mains. Elle avait pleuré sur son épaule, dévoilant ainsi sa faiblesse, sa fragilité... Et en plus, elle était amoureuse de lui. Quelle dérision ! Elle serra le manche de la brosse de toutes ses forces. Elle était certes furieuse contre Ralph, mais tellement plus contre elle-même !

5

Au réveil, Janine était sans forces. Elle se leva comme à regret et se mit sous la douche. Le contact de l'eau fraîche lui fit du bien, mais la cruelle déception de la veille hantait encore son esprit.

Ralph devait bien rire, il pensait l'avoir conquise. Elle s'était prêtée à son jeu...

Mais elle n'avait pas dit son dernier mot ! Elle n'était pas si stupide, ni aussi attachée à lui qu'il devait se l'imaginer. Dieu merci, elle avait ouvert les yeux à temps.

Pourtant, en se regardant dans la glace, elle savait qu'elle n'était plus la même. Un véritable chagrin grandissait en elle.

La nuit dernière, elle avait fait deux terribles découvertes : elle aimait Ralph, et il était le plus méprisable des hommes. Des heures durant, elle avait essayé de se convaincre que Ralph était vraiment amoureux d'elle. Elle aurait voulu se souvenir avec bonheur de son corps contre le sien, mais les paroles de Franck Winterman résonnaient encore à ses oreilles. Non. Elle ne pouvait pas y croire. Il lui fallait voir la réalité en face.

Ralph avait clairement décidé qu'il voulait Fangufangu. Comme il n'avait pas les moyens de l'acheter, il avait trouvé une autre solution. C'était très simple !

Lentement, Janine s'habilla. Elle choisit une robe

lilas, et tira ses cheveux en arrière, plus encore qu'à l'habitude, presque à en crier, comme pour se punir d'avoir été si sotte.

Elle glissa ses pieds dans ses sandales et se dirigea vers la cuisine. Des oiseaux s'envolaient sur son passage. Il était très tôt, le soleil se levait à peine et tout était calme aux alentours. Seuls le murmure de l'océan et le vent dans les palmiers venaient troubler le profond silence. Un lézard, à demi caché derrière une pierre, ne bougea pas à son approche. Plus loin, sous les arbres, un chien reniflait le sol, à la recherche d'un os, peut-être...

La cuisine était vide, mais Janine ne fut pas surprise. Elle regarda sa montre. Il était encore tôt, même pour Lavinia. Elle passa dans la salle de restaurant. Les tables avaient été dressées la veille par Tina et Eleni. Il ne restait plus qu'à les décorer avec des fleurs d'amandier et d'hibiscus.

Janine se rendit sous la véranda, déplaça une chaise ou deux. Elle embrassa du regard l'étendue du lagon. Elle soupira profondément. Tout cela était à elle, à présent. Cette île magnifique lui appartenait. Pourtant, elle avait le cœur lourd. Il aurait été merveilleux de pouvoir la partager avec Ralph, si seulement il avait été sincère... Ses yeux s'emplirent de larmes à la vue du *Ohaï II*, le plus grand des bateaux de Ralph. Il ne laissait jamais à personne d'autre le soin de le manœuvrer. Lui non plus, fort de sa réussite, n'avait pas dû dormir beaucoup. Furieuse, elle retourna dans la cuisine.

Lavinia n'était toujours pas là. Janine jeta un coup d'œil à la pendule. Elle commençait à être inquiète. Elle gagna la porte et scruta le chemin qui menait au village, certaine qu'elle allait voir arriver la silhouette ronde et bariolée de la cuisinière. La brise matinale agitait les branches des lauriers-roses et des hibiscus. Mais Lavinia ne venait pas.

Soucieuse, Janine descendit le chemin. Presque tout de suite, elle vit Tina, Eleni, ainsi qu'Ana, la femme de ménage. Mais pas de Lavinia. Les jeunes filles parlaient et riaient. Elles étaient très jolies, avec ces fleurs dans leurs chevelures brunes. Mais Janine, préoccupée, n'y prêta pas attention. Elle se précipita à leur rencontre.

En la voyant arriver, toutes trois firent mine de se presser.

— Où est Lavinia ? demanda Janine.

— Elle est malade, fit Ana en se tapant sur l'abdomen. Des douleurs dans le ventre... Elle a mangé quelque chose de mauvais.

Janine sursauta.

— A-t-elle dîné ici, hier soir ?

Elle voyait déjà tous ses invités se tordant dans leurs lits, à cause d'une intoxication alimentaire. Et pas de docteur sous la main. La jeune fille en ressentit soudain un nœud à l'estomac.

— Non, pas ici, la rassura Tina. Ils ont mangé plus tard du poisson, en rentrant. Kuini est souffrante également. Mais ce n'est rien, elles seront vite sur pied. Lavinia nous a dit que c'est vous qui prépareriez les petits déjeuners...

Janine poussa un soupir de soulagement. Sa cuisine n'était pas en cause. Elle avait pris toutes les précautions possibles pour que la nourriture servie soit toujours parfaitement fraîche. Le poisson ne quittait pas la chambre froide et les fruits étaient cueillis le jour même. Son père avait de tout temps beaucoup insisté sur l'importance de ce problème. La réputation de Blue Haven était en jeu. Janine ne voulait en aucun cas contribuer à la ternir !

Elle inspira profondément.

— Bon, allons-y. Nous devons nous dépêcher.

De retour à la cuisine, elle enfila un tablier et se mit à l'ouvrage. Vouloir, c'est pouvoir, lui avait affirmé son père. Il lui fallait cuire des œufs au bacon, ainsi que du poisson, pour une douzaine de personnes, toutes affamées et plutôt exigeantes. Ce n'était pas tant le petit déjeuner qui l'inquiétait, mais les repas de midi et du soir. La cuisine, n'était pas son fort, et ce domaine ne l'avait jamais intéressée.

Mais il y a un début à tout. Se remémorant sans cesse les consignes de son père, elle se fit un devoir de s'appliquer. Eleni et Tina décoraient les tables, prenaient les premières commandes. Janine oublia ses craintes, mit les percolateurs en marche et commença à travailler.

Dans le fond, tout cela n'était pas très compliqué, et elle fut presque ravie de ce contretemps, qui ne lui laissait pas le loisir de penser à Ralph. Lorsqu'elle quitta enfin son tablier et confia aux jeunes filles le soin de débarrasser, une foule de tâches l'attendait, toutes plus accaparantes les unes que les autres.

Son emploi du temps pour la matinée était très chargé. Deux bungalows se libéraient aujourd'hui. Elle devait veiller à ce que le linge soit changé et que tout soit prêt pour les nouveaux occupants, qui arrivaient par l'hydravion de midi. Ensuite, il lui faudrait préparer le repas et régler quelques détails concernant les constructions neuves. Elle décida d'aller prendre des nouvelles de Lavinia et des autres malades.

Pour le déjeuner, elle eut l'idée d'un repas froid et laissa Tina et Eleni s'occuper des salades, des viandes et des fruits. Elle se rendit sur le chantier, où elle ne resta que quelques instants, puis se hâta vers le village. Elle fut immédiatement entourée d'un groupe d'enfants riant et gesticulant. Heureusement, en même temps que des comprimés pour Lavinia, elle avait pensé à se munir d'un indispensable paquet de bonbons...

Lavinia était faible, mais souriante. Elle promit d'être de retour au travail dans la soirée. Sachant Janine débordée, elle ne chercha pas à la retenir comme à l'accoutumée. Sur le chemin du retour, alors qu'elle traversait la palmeraie, Janine rencontra Ralph. Sans doute allait-il s'assurer que Kuini allait mieux...

Il lui barra le passage. Il arborait un short blanc et une chemise rouge largement ouverte, qui lui seyaient à merveille. La jeune fille dissimula du mieux qu'elle pût le trouble qu'elle sentait naître en elle.

— Je suis passée voir Lavinia, dit-elle froidement. Elle va mieux ; Kuini aussi. Je leur ai donné des cachets.

— Ah bon, fit-il simplement, comme si cela ne l'intéressait guère.

Puis il sourit et déclara :

— J'ai appris que tu avais été l'héroïne des petits déjeuners, ce matin. Je te félicite.

— Oh, il n'y a rien de bien extraordinaire...

Il fut surpris par le ton brusque qu'elle avait employé. Néanmoins, il la regarda avec tendresse.

— Je ne t'avais jamais imaginé derrière les fourneaux, avec un petit tablier brodé. Mais maintenant que j'y pense, j'avoue que l'image est séduisante !

— Tu voudras bien m'excuser, Ralph, mais comme tu t'en es rendu compte, je suis très occupée, ce matin.

Il fronça les sourcils et parut décontenancé. Puis il la prit par la taille et l'embrassa sur les lèvres. Elle n'eut pas le temps de l'éviter, mais elle ne répondit pas à son baiser, Janine serra les dents et se raidit, avec difficulté. Tout son être aurait voulu s'abandonner, se laisser aller dans ses bras. Mais elle ne commettrait pas la même erreur que la veille !

— Janine... ? murmura-t-il, gêné.

— Si tu permets...

Elle se libéra vivement de son étreinte et tourna les talons.

Il la rattrapa, l'obligea à lui faire face.

— Janine, que se passe-t-il ?

— Je te l'ai dit, j'ai du travail.

— Je ne parle pas de ce matin, je parle... d'hier soir !

— Hier soir, je me suis trompée, Ralph, et toi aussi. Tu devrais le savoir !

Elle parlait calmement, mais chaque syllabe lui déchirait le cœur.

— Mais, Jannie...

— Il faut oublier, Ralph. De toute façon, cela n'aurait mené nulle part.

Il pinça les lèvres. Elle sentit qu'elle avait marqué un point et en fut ravie. Elle leva la tête, les yeux brillants d'une lueur vengeresse :

— Tu as profité d'un moment de faiblesse de ma part, Ralph, mais je peux t'assurer que cela n'arrivera plus. Nous ne sommes pas du même monde !

— Tu as peut-être raison, fit-il lentement.

— Maintenant, il faut que je parte. J'ai encore beaucoup à faire avant que l'avion n'arrive.

Il n'essaya pas de la retenir. Janine pressa le pas. Sentant le regard gris-vert de Ralph fixé sur elle. Sans doute était-il furieux qu'elle ait percé à jour son dessein. Le rusé Ralph Svenssen avait trouvé son maître. Cela le remettait à sa place ; il était si arrogant...

La matinée tirait à sa fin. Janine cocha sur sa liste les travaux qu'elle avait effectués. Elle était satisfaite : elle avait pratiquement terminé toutes les tâches entreprises. Elle s'assit dans un fauteuil et songea aux jours d'insouciance, lorsque l'île appartenait encore à ses parents. Les promenades en mer, la baignade, la plongée sous-marine occupaient alors la majeure partie de son temps. Aurait-elle un jour, l'occasion de retrouver un peu de ce bonheur ?

L'hydravion arriva une demi-heure avant le déjeuner. Et si, après la scène du matin, Ralph refusait d'assurer le transfert des invités et le déchargement des marchandises et du courrier ? Heureusement il eut la correction de ne pas la laisser tomber sans prévenir !

Les nouveaux arrivants furent accueillis selon la

tradition par des jeunes filles de l'île, qui leur offrirent des guirlandes de fleurs multicolores. Quand chacun fut installé dans son bungalow, Janine retourna à la cuisine. Elle fut heureuse de constater que Tina et Eleni avaient fait du bon travail. Elle les aida à transporter les gigantesques plateaux de nourriture jusqu'aux tables que Viliamu avait dressées sous la véranda.

Les convives commençaient à arriver lorsque Felipe entra en courant.

— Janine ! Où est Janine ?

— Je suis là !

Elle le regarda avec appréhension, redoutant déjà ce qu'il allait lui annoncer :

— Un yacht s'approche de l'île, dit Felipe avec excitation. Il longe la barrière de corail.

— Un yacht ! s'étonna la jeune fille.

Elle n'attendait personne. Parfois, des gens arrivaient sans prévenir, mais cela était très rare, Fangufangu se trouvant à l'écart des lignes maritimes empruntées par la plupart des navires. Son père avait toujours été très pointilleux à ce sujet. Avant d'autoriser un bateau inconnu à accoster, il vérifiait la bonne foi de ses occupants par un appel radio, ou bien en téléphonant à leur dernière escale.

Pourvu que ce voilier blanc ne lui cause pas d'ennuis ! Il y avait tant d'histoires de drogue et de trafics de toutes sortes...

Accompagnée de Felipe, elle se rendit sur la jetée. Elle fut à la fois soulagée et irritée d'y trouver Ralph. Il lui fallait avouer qu'elle se sentait plus forte avec deux hommes à ses côtés pour accueillir ces étrangers.

Ralph lui tendit ses jumelles.

— Je ne reconnais pas ce bateau, fit-il vivement, sans la regarder. Et toi ?

Elle put déchiffrer le nom du yacht : *Carousel.* Cela ne lui disait rien. Une femme rousse apparut à la barre : elle ne la connaissait pas. Janine rendit les jumelles à Ralph et l'observa à la dérobée. Il avait l'air amusé. Sans doute devait-il se réjouir de cet incident, qui la mettrait à l'épreuve. Mais elle n'était fermement décidée à lui prouver qu'elle n'avait aucunement besoin de lui. Alors qu'elle se dirigeait vers l'extrémité de la jetée, une silhouette blanche surgit aux côtés de la première inconnue du voilier et se mit à gesticuler.

— Janine, ohé, Janine !

Elle laissa échapper un long soupir de soulagement. Les images de trafiquants d'armes ou de drogue s'évanouirent. Elle se tourna en souriant vers Felipe, qui l'avait suivie.

— C'est Chilton, s'écria-t-elle. Chilton Kendrick. Il a dû acheter un nouveau bateau.

Felipe parut soulagé lui aussi.

— Ah, c'est M. Kendrick...

Ils agitèrent les bras. Les deux personnes sur le pont leur répondirent, Chilton avec enthousiasme, la femme plus brièvement. D'autres gens apparurent. Janine se demanda vers où ils faisaient route. Depuis des années, Chilton Kendrick organisait des croisières de luxe dans le Pacifique, et il s'arrêtait régulièrement à Fangufangu.

Quand le yacht entra dans le lagon, Janine put distinguer les visages. La femme rousse avait l'air de mauvaise humeur, mais elle était très belle. Elle portait un short rouge et un chemisier blanc qui mettait sa poitrine en valeur. Elle respirait la sensualité, même à distance. Ses longues jambes bronzées avaient un galbe parfait. C'était sûrement la dernière petite amie de Chilton. Pourvu qu'elle ne fût pas aussi capricieuse que la précédente !

Gracieusement, pareil à un cygne, le *Carousel* accosta le long de la jetée. L'un des membres de l'équipage largua les amarres. Felipe aida à la manœuvre. Chilton sauta du bateau, prit Janine dans ses bras et l'embrassa bruyamment sur la bouche. Quelle différence avec le baiser de Ralph la veille au soir !

— Comment va ma fillette préférée ? s'écria-t-il en la détaillant de la tête aux pieds.

— Mais, reprit-il, tu as grandi, toi...

— Sûrement pas ! Ma taille est la même depuis que j'ai quatorze ans.

— Ce n'est pas ce que j'ai voulu dire. Tu as grandi, mon poussin. Je me comprends.

Il lui lança un regard brillant.

— Il s'est passé beaucoup de choses, depuis ta dernière visite, fit Janine.

— Oui, je sais.

Puis, se tournant vers Ralph, il ajouta :

— Salut, Ralph ! Comment vas-tu ?

Ralph parut gêné.

— Salut, Chilton, répondit-il en lui serrant la main.

Et il tourna les talons pour rejoindre Felipe.

Janine observa le *Carousel.* La jeune personne rousse avait disparu. Il y avait à présent sur le pont deux hommes, deux femmes et une petite fille blonde.

— Chilton, pourquoi ne m'as-tu pas prévenue de ton arrivée ?

Il haussa les épaules.

— Mais je l'ai fait, ma chérie !

— Ta lettre a dû se perdre...

— Tu sais bien que je n'écris jamais. Mais j'ai eu Ralph au téléphone il y a quinze jours. J'étais à Samoa.

— Tu as parlé à Ralph ? Il aura mal compris, sans doute...

Chiltron Kendrick secoua la tête.

— Impossible. Je lui ai même précisé qu'il nous faudrait de la place pour six. L'équipage et moi-même dormons à bord, mais si tout est complet, tant pis, nous nous arrangerons. Rose sera furieuse, mais personne n'y peut rien ! Elle a voulu venir à tout prix. Je l'avais pourtant prévenue. Figure-toi que nous avons essuyé une tempête...

Il s'interrompit.

— Mais nous bavarderons plus tard. Est-il encore possible de déjeuner ? Nous mourons de faim. Notre réfrigérateur est tombé en panne la semaine dernière, et malheureusement, nous n'avions presque pas de conserves.

Il tourna la tête vers Ralph, qui marchait le long de la jetée.

— Je lui parlerai tout à l'heure.

Oui, et moi aussi ! songea Janine.

— Venez dès que vous serez prêts, fit-elle. Je cours à la cuisine dire aux filles de préparer le nécessaire.

— Ralph m'a mis au courant pour ton père. Est-ce qu'il va bien ?

— Oui, beaucoup mieux. J'attends une lettre ces jours-ci.

Chilton hocha la tête, puis demanda, le regard perdu au loin :

— Comment cela se passe-t-il depuis que Ralph a la barre ?

Janine fronça les sourcils. Puis elle comprit que Chilton croyait que Ralph avait pris la suite, en l'absence de son père. Elle s'empressa de le détromper :

— C'est moi qui suis à la barre, Chilton.

— Comment ?

— Oui. Je n'ai pas le temps de t'expliquer, mais papa ne reviendra pas, sauf peut-être pour les vacances. Alors il m'a offert Fangufangu pour mon vingt et unième anniversaire. Je suis la propriétaire, à présent !

— Toi !

Son exclamation n'était pas aussi dure que celle de Ralph, mais au moins aussi incrédule.

Avant que Chilton ne puisse lui demander plus de détails, Janine s'en alla, le laissant à son étonnement.

Elle entra dans la véranda. Les invités étaient à table, et Viliamu s'affairait derrière le bar. Elle mit le maître d'hôtel au courant des nouvelles arrivées et tous deux gagnèrent la cuisine. Sa requête suscita un moment d'affolement, mais, une fois de plus, elle fit de son mieux pour aider. Lorsque Chilton et ses amis arrivèrent, les plateaux de nourriture étaient prêts.

Mais déjà Janine pensait au lendemain. Si Chilton et sa bande avaient l'intention de séjourner quelque temps, il lui faudrait commander de la marchandise et la faire venir par avion, car le bateau ne revenait que dans une quinzaine de jours. Il restait la solution de se contenter de poisson et de fruits. Pourquoi pas ? Blue Haven, après tout, n'était pas un relais gastronomique.

Durant les deux heures qui suivirent, Janine passa son temps entre le bureau, la cuisine et le bar, s'occupant de mille et un détails, s'efforçant d'accueillir chaleureusement ses nouveaux hôtes. Il lui fallait aussi songer au dîner. Dans l'après-midi, elle eut enfin un moment pour discuter avec Chilton et ses amis. Elle avait remarqué que la jeune femme rousse, Rose, n'attirait pas la sympathie. Elle s'était tenue à l'écart, promenant sur l'assistance un regard dédaigneux, et avait déjà protesté : les boissons n'étaient pas assez fraîches à son goût.

Quand les invités furent partis, Eleni débarrassa les tables et Janine alla rejoindre Chilton et son groupe sous la véranda.

— Assieds-toi, Janine, s'écria Chilton. Ou bien tu vas finir par tomber !

Elle rit et prit place sur la chaise qu'il lui proposait.

— Ce n'est pas toujours comme cela, dit-elle. Votre arrivée m'a prise un peu au dépourvu, d'autant que Lavinia est malade, et...

— A propos, coupa Chilton, il faut que je parle à Ralph. Où est-il ?

Ralph n'avait fait qu'une brève apparition à l'heure du repas. Il devait être en mer avec des invités.

— Maintenant, reprit Chilton, faisons connaissance ! Voici Janine Roberts. Ne me demandez pas comment la gamine que j'ai vue l'année dernière a pu devenir une femme superbe en si peu de temps...

— Chilton ! protesta Janine, gênée. Je t'en prie...

— Je te présente Rose Williams, Fiona Mac Wraith, et son mari, Greg. A leur gauche, Andy Reimer et son épouse Annabel. Quant à la belle jeune fille blonde habillée en bleu, c'est Patricia Reimer, leur fille.

Janine serra ensuite les mains des membres de l'équipage, qui ne comportait que des nouvelles têtes. Elle sentit de nombreux regards admiratifs posés sur elle. Rose, qui n'avait pas quitté Janine des yeux, lui demanda soudain :

— Chilt dit que c'est vous qui dirigez l'île, pour le moment ?

Dans le ton employé perçait une note d'incrédulité méprisante.

— C'est exact, acquiesça Janine en s'obligeant à sourire.

— Ce doit être un travail énorme pour une enfant comme vous.

— Je ne suis plus une enfant. D'ailleurs, j'ai remarqué que le terme d'enfant était très subjectif. Il est fonction de l'âge de celui qui l'emploie.

Janine s'en voulut d'utiliser cette arme facile, mais Rose méritait d'être remise en place.

— Touché ! murmura Andy Reimer, visiblement ravi de l'expression furibonde qui se peignit sur les traits de Rose.

Chilton exigea :

— Raconte-nous tout depuis le début, Janine. Que s'est-il passé ? D'après ce que m'a dit Ralph au téléphone, je croyais que c'était lui le patron.

Janine expliqua aussi brièvement qu'elle le put les

circonstances de la maladie de son père, ainsi que sa décision de lui offrir la succession.

— C'est mon cadeau d'anniversaire pour mes vingt et un ans ! conclut-elle.

— Je persiste à croire que tu plaisantes, fit Chilton en secouant la tête.

— Pas le moins du monde.

— Et pourquoi cela ne serait-il pas vrai, Chilt ? s'étonna Annabel Reimer. Je suis sûre que Janine peut diriger l'île aussi bien que n'importe quel homme.

Elle se tourna vers elle, lui adressa un sourire amical, et reprit :

— C'est un endroit merveilleux, vraiment. Un des plus beaux que j'aie jamais vus.

— Je suis heureuse qu'il vous plaise, affirma Janine avec reconnaissance.

Rose souriait d'un air dédaigneux.

Un moment plus tard, tandis que Greg Mac Wraith bavardait avec Rose, Chilton prit Janine à part et lui confia :

— Rose est un peu contrariée parce qu'il n'y a pas de bungalow disponible, Jan. Tu ne peux vraiment rien lui trouver ? Elle a eu un voyage épouvantable, pauvre chérie ; le mal de mer, la tempête... Elle n'en est pas encore remise !

Pourquoi Ralph ne lui avait-il pas transmis le message de Chilton ? L'avait-il omis délibérément ? En tout cas, pour l'instant, Chilton était en droit d'exiger ce qui lui avait été promis.

— Si cela lui suffit, il y a l'ancienne chambre de mes parents...

Malgré son antipathie pour Rose, Janine était prête à tout pour rendre service à Chilton.

— Ah, mille fois merci ! s'écria-t-il. Une nuit de plus dans de telles conditions lui aurait probablement été insupportable !

La jeune fille décida alors que Rose ne serait pas la

seule à bénéficier de tout le confort : il n'y avait pas de raison que les autres, plus sympathiques qu'elle et sûrement aussi fatigués, n'aient pas les mêmes avantages. Elle reprit :

— Je pense que vous pourrez également utiliser deux des bungalows neufs. Ce ne sera pas le grand confort, car ils ne sont pas encore meublés comme il faut. Mais nous trouverons bien quelques lits.

Annabel et Fiona, qui avaient entendu la fin de la phrase, déclarèrent qu'elles seraient heureuses de coucher n'importe où. C'était leur première croisière, et cela leur plaisait beaucoup, mais elles appréciaient néanmoins de rester quelque temps sur la terre ferme... Personne n'avait débarqué, à Samoa. Fangufangu était donc la véritable première escale depuis Hawaii.

Fiona et Annabel proposèrent gentiment leur aide à Janine. Patricia sur leurs talons, les trois jeunes femmes se dirigèrent vers les bungalows nouvellement construits, afin de voir ce qu'il y manquait. Rose demeura avec les hommes, sous la véranda.

— J'ai peur que cette Rose ne vous cause des problèmes, dit soudain Fiona à Janine.

— C'est une garce, fit carrément Annabel en riant. Oh, je suis méchante... Mais elle nous a tous rendus fous. Elle se prend pour le centre du monde. Elle n'a pas arrêté de se plaindre et de gémir parce qu'elle souffrait du mal de mer. La pauvre petite Patricia a été malade, elle aussi, mais elle n'a pas fait autant d'histoires !

— Le problème, reprit Fiona, c'est qu'elle est la petite amie de Chilt. On ne peut même pas dire ce que l'on pense.

Elle eut un sourire crispé.

— Excusez-nous, Janine, pour ces commérages !

Janine s'abstint de tout commentaire et se contenta de hocher la tête. Elle trouvait ces deux femmes très sympathiques. L'une était Londonienne, l'autre venait de Californie. Visiblement, elles s'entendaient très bien.

Elles furent enchantées par les bungalows, et aidèrent Janine à les arranger. Elles apportèrent quelques chaises, des serviettes, du savon. Heureusement, les lits étaient arrivés par le dernier bateau. Fiona et Annabel affirmèrent qu'elles n'avaient pas besoin d'autre mobilier. Patricia fut enchantée de savoir qu'elle pourrait dormir à la mode de l'île, sur une pile de nattes en fibre de coco.

— Merci beaucoup, Janine, fit Annabel en contemplant la chambre.

— Je suis désolée. Ce n'est pas aussi confortable que cela devrait l'être...

— Ne vous inquiétez pas, cela ira très bien. Et si vous avez besoin d'un coup de main à la cuisine ou ailleurs, n'hésitez pas à nous appeler. D'accord ?

— Oui, renchérit Fiona, cela nous changera *du Carousel* et de Rose qui geint sans arrêt parce que son café est froid, ses œufs trop cuits, ou ses légumes pas assez salés. Une fois, j'ai eu le malheur de la rabrouer un peu vertement ! Mon Dieu ! Je crois que si elle n'avait pas eu le mal de mer, elle m'aurait jetée pardessus bord !

Janine sortit avec Fiona et Annabel pour les aider à transporter leurs affaires. Quelques instants plus tard, Rose apparut, accompagnée de Ralph. Janine ne cacha pas sa stupeur.

— Je parie qu'elle l'a enjôlé pour qu'il lui porte ses valises, chuchota Fiona à Janine. Elle a deux fois plus de bagages que quiconque à bord. C'est l'avantage d'être la fiancée du capitaine ! Tout de même, je me demande comment Chilt peut tolérer cela !

Il était clair que Rose avait persuadé Ralph de lui prêter main-forte. Comme les trois autres hommes se joignaient à elles, Annabel fit un clin d'œil à Janine, et dit d'une voix forte :

— Il ne fallait pas te déranger, Andy. Nous sommes capables de nous débrouiller !

Que pensait Chilton Kendrick de l'attitude de Rose ? Janine préférait croire que c'était Rose qui avait entraîné Ralph, mais ce pouvait être le contraire...

Lorsqu'ils parvinrent au bungalow de Janine, Rose s'inquiéta :

— Où vais-je dormir ?

Janine s'efforça de lui répondre le plus poliment possible :

— Je vais vous montrer. Je reviens dans deux minutes.

Et elle continua son chemin.

Quand Janine fut de retour, Rose tapait du pied en signe d'impatience et secouait la cendre de sa cigarette dans le pot de fleurs de l'entrée. Visiblement, elle n'était guère habituée à ce qu'on la fasse attendre.

— Voici votre chambre, indiqua enfin Janine en la faisant entrer dans l'ancienne pièce de ses parents.

Rose détailla l'endroit sans grand enthousiasme. Ses valises étaient restées dehors, là où Ralph les avait déposées. Janine décida de ne pas y toucher. Elle n'allait tout de même pas se plier en quatre pour cette mijaurée !

— J'aimerais bien de l'eau glacée, fit Rose brusquement, tout en inspectant le lit.

— Je demanderai à Viliamu de vous en apporter. La salle de bains est à côté. Je vous ai mis des serviettes propres.

Janine sortit et regagna le bar. Elle pria Viliamu de servir une carafe d'eau fraîche dans la chambre de Rose. Elle faillit lui dire de ne pas s'occuper de ses bagages, puis se contint. Elle n'aimait pas Rose, mais se devait malgré tout d'être agréable avec elle.

Tard dans l'après-midi, quand Janine retourna à la cuisine pour se charger du dîner, elle vit avec plaisir que

Lavinia était de retour. Cette dernière chantonnait, ce qui était bon signe.

— Tout arrive en même temps, fit-elle en levant les bras au ciel.

— Eh oui, dit Janine, en pensant que tout compte fait, elle s'était bien débrouillée, jusqu'ici.

Personne, à part Rose, ne se plaignait de quoi que ce soit. Chacun paraissait heureux et parfaitement détendu.

Après le dîner, Janine se reposa quelques instants. Elle retrouvait le calme des deux dernières semaines et la douce harmonie qui était de règle à Fangufangu. Il y aurait toujours des contretemps, mais elle avait appris à ne pas s'affoler et à faire face avec efficacité. Chaque difficulté enrichissait son expérience. Elle prenait peu à peu confiance en elle.

Elle rejoignit Chilton et ses amis sous la véranda. Dehors, la lune traçait un sillon doré dans la mer. L'imposante silhouette blanche du *Carousel* se découpait sur l'horizon. L'ensemble était d'une beauté à couper le souffle.

Chilton pria Janine de s'asseoir. Elle prit place au sein du groupe, et s'enquit aussitôt :

— J'espère que le dîner vous a plu.

Il y eut un murmure général d'approbation.

— Tu es une gérante formidable, Jan, fit Chilton.

— Elle n'est pas gérante, coupa Annabel. Elle est propriétaire, Chilt, ne l'oublie pas !

— Oui, oui, bien sûr. Excuse-moi, Jan.

Il lui mit la main sur le bras d'un geste paternel :

— J'aimerais te faire une proposition, dit-il lentement.

Elle fronça les sourcils.

— Oh, Chilton ! Devant tous ces gens ?

Elle rit et regarda Rose. Cette dernière ne paraissait pas du tout ravie.

Chilton s'esclaffa.

— Je parle sérieusement. Accepterais-tu de me vendre ton île ? J'ai un peu d'argent, que je cherche à investir, et Fangufangu m'a toujours attiré.

— Désolée, Chilton, Fangufangu n'est pas à vendre. C'est ma demeure.

— D'accord, mais une jolie fille comme toi ne peut pas rester enterrée ici. Songe à tout ce que tu pourrais t'offrir avec le produit de la vente.

Il lui adressa un large sourire.

— Avoue que c'est tentant, non ?

— Pas du tout !

Il eut l'air surpris.

— Allons, Janine, réfléchis...

— Pauvre Chilton, lança Fiona, tu n'as rien d'un homme d'affaires !

Chacun se mit à rire. Patricia, qui buvait bruyamment un soda avec une paille, déclara tout à coup :

— Miss Roberts a de très beaux cheveux, on dirait des rayons de lune.

Tous les regards convergèrent vers Janine et elle en fut terriblement gênée.

Rose se manifesta :

— Est-ce leur couleur véritable ?

Janine sentit toute l'animosité que la jeune femme parvenait mal à dissimuler.

— Rose, ne sois pas indiscrète, allons... reprocha Annabel.

— Oui, absolument, répondit Janine, aucunement ébranlée.

Elle caressa ses mèches blondes et ajouta :

— Je suis bien trop occupée pour trouver le temps de me faire des teintures, je vous assure !

— Oh, je croyais qu'il s'agissait d'une fantaisie que vous aviez commise à Sydney, fit Rose avec désinvolture.

— Pas du tout, murmura Janine.

Elle pensait que l'incident était clos, aussi fut-elle étonnée d'entendre une voix derrière elle :

— Je peux vous garantir que sa chevelure est tout ce qu'il y a de plus naturelle !

C'était Ralph. Janine sentit son pouls s'accélérer quand il lui posa la main sur l'épaule.

— Ralph. Je suis content de te voir, s'écria Chilton. Assieds-toi, et prends un verre.

Ralph s'installa entre Rose et Chilton. Janine nota que Rose souriait pratiquement pour la première fois depuis son arrivée.

— Il n'y a pas de doute, assura Chilton. Vous formez une bonne équipe, tous les deux. Je suis sûr, Janine, que tu apprécies la présence de Ralph à tes côtés.

— Ralph est occupé à plein temps avec ses bateaux, répondit-elle froidement.

Chilton sourit.

— Oui, bien sûr, mais admets qu'il est bon de pouvoir s'appuyer sur un homme, quelquefois.

Il la taquinait, évidemment, mais elle se sentit soudainement mal à l'aise. N'avait-il pas raison ?

— Il y a de nombreuses personnes sur lesquelles je peux me reposer, dit-elle tranquillement. Tous les membres du personnel, tous les gens de l'île. Nous formons une communauté, et chacun sait qu'il peut compter sur l'autre.

La jeune fille avait parlé avec conviction. Elle n'en restait pas moins persuadée qu'il devait être merveilleux d'avoir un confident particulier...

Chilton écrasa son cigare avec une moue dubitative. Visiblement, il ne comprenait pas son point de vue.

Bientôt, les invités regagnèrent leurs cases respectives et Janine se leva pour accomplir sa tournée d'inspection habituelle.

Quelques minutes plus tard, elle repassa par la véranda. Il ne restait que deux personnes à table : Rose et Ralph. Ils parlaient à voix basse. Janine traversa discrètement. Rose étouffa un bâillement.

— Je crois qu'il est l'heure d'aller dormir, décida-t-elle. Bonne nuit, Ralph. Et ne vous en faites pas, je garderai votre petit secret !

Janine demeura dans l'ombre, immobile. Rose prit la direction du bungalow, et Ralph partit vers la plage. Quel petit secret Rose avait-elle découvert ?

Janine retourna au bureau pour travailler encore un peu, mais elle ne parvenait pas à se concentrer. Les paroles de Rose la tracassaient. Finalement, elle abandonna et quitta la pièce. Il était plus de minuit, mais elle ne se sentait pas fatiguée malgré cette journée mouvementée. Dans le fond, elle se montrait plutôt satisfaite. Elle avait l'impression d'avoir accompli sa tâche. Soudain elle se rappela qu'elle avait oublié de questionner Ralph au sujet de l'appel téléphonique de Chilton. Elle attendrait d'être seule avec lui pour aborder le sujet.

Le vent s'était levé. Janine ne rentra pas immédiatement. Elle remarqua, en passant, que la lumière était éteinte dans la chambre de Rose, puis se dirigea vers la plage. Une bonne marche au bord de l'eau lui détendrait l'esprit !

En observant l'océan aux mille facettes argentées, elle songea qu'elle ne s'était pas baignée depuis des semaines. Quelques brasses lui feraient du bien. Elle n'avait pas de maillot de bain mais la plage était déserte et elle apprécierait le contact de l'eau à même sa peau.

Debout dans le sable, elle s'apprêtait à ôter sa robe et ses sous-vêtements, quand elle aperçut une forme dans l'eau. Elle sursauta. A cette heure-ci, qui cela pouvait-il être ?

— Qui est là ? demanda-t-elle doucement.

Il y eut un silence, puis une voix se manifesta :

— Janine ?...

— Oh, Ralph, c'est toi. Je ne t'avais pas vu. Quand tu sortiras, j'ai à te parler.

— Je viens. Mais je te préviens, je suis nu !

Son ombre émergea des vagues et s'approcha de la plage. Apparemment, il avait eu la même idée qu'elle. Janine ne put s'empêcher de sourire.

— Vas-y, tu peux sortir !

Elle se tourna vers la palmeraie. Elle entendit Ralph courir sur le sable, puis enfiler ses vêtements à la hâte. Quelques minutes plus tard, il lui faisait face.

— Je ne m'attendais pas à rencontrer quelqu'un à une heure pareille, dit-il. Pas même toi.

— Oh, je viens souvent faire un tour avant de me coucher.

Elle résista à l'envie qu'elle avait de le recoiffer. Ses habits humides lui collaient au corps, et de fines gouttes d'eau perlaient sur sa poitrine.

— Tu t'apprêtais à te baigner nue ? s'enquit-il avec un sourire moqueur.

— Je ne le ferai plus, puisqu'il y a des regards indiscrets !

En le voyant ainsi, grand et fort, dans la clarté de la lune, une onde de désir la parcourut. Pourquoi n'était-il pas différent ? Pourquoi aimait-elle un homme qui voulait seulement se servir d'elle ? Quel était le petit secret qu'il avait confié à Rose ? Peut-être espérait-il s'approprier l'île...

Elle détourna les yeux.

— Tu voulais me parler, commença-t-il.

— Oui, coupa-t-elle. Tu savais que Chilton devait venir. Je suppose que tu as fait exprès de ne pas m'en aviser, pour te venger de l'histoire avec Furlanger. Ce n'était pas très gentil vis-à-vis de Chilton et de ses passagers.

Ralph ne cilla pas.

— J'ai essayé de te trouver seule toute la journée, expliqua-t-il. Afin de m'excuser. Mais tu paraissais vouloir m'éviter. Ne tire pas de conclusion trop hâtive. En fait, Chilton m'a appelé le jour de ton arrivée. Si tu te souviens, il s'est passé beaucoup de choses, et... j'ai oublié! Cela m'est complètement sorti de l'esprit. J'avoue que cela ne m'est revenu que lorsque j'ai vu le yacht, ce matin, et que j'ai compris qui c'était. Je suis vraiment désolé.

La jeune fille fut surprise par cette confession. Elle s'était attendue à ce qu'il nie, à ce qu'il invente un motif.

Quelque peu décontenancée et confuse de lui avoir prêté de mauvaises intentions, elle murmura :

— Ce n'est pas grave, Ralph, personne n'est infaillible. Nous sommes tous à la merci d'une erreur ou d'un oubli.

Il la dévisagea, puis jeta brusquement :

— Bon, je ne veux pas te retarder dans ta promenade. Si tu n'as rien d'autre à me dire, bonne nuit.

Elle aurait voulu lui parler de tant de choses... Malgré une forte envie de le retenir, elle résista à la tentation.

— Non, c'est tout. Bonne nuit, Ralph.

Elle le regarda s'éloigner, jusqu'à ce qu'il disparaisse totalement dans la nuit. Au bout d'un moment, la lumière s'alluma au-dessus du hangar à bateaux. Elle s'éteignit quelques minutes plus tard. Ralph était couché.

Janine n'avait plus envie de se baigner. Songeuse, elle regagna lentement son bungalow. Sur le sable, de petits crabes s'enfuyaient dans tous les sens. Si seulement elle pouvait cesser de penser à Ralph!...

6

Le lendemain, Janine avait prévu de se réserver un peu de temps. A présent que Lavinia et Kuini étaient de retour, elle pouvait disposer d'une heure ou deux, et elle avait promis à Patricia de lui apprendre à nager. Même lorsque ses parents dirigeaient l'île, elle s'était toujours occupée de former les enfants dans ce domaine. Ceux qui arrivaient à Fangufangu sans aucune notion de natation se sentaient, en repartant, aussi à l'aise dans l'eau que sur la terre ferme. Tout au moins pouvaient-ils se baigner en sécurité.

Bien sûr, il y avait les gilets de sauvetage, mais Janine pensait qu'il valait tout de même mieux savoir nager, même de façon approximative.

Sans rien dire de tout cela à Annabel Reimer, elle lui avait proposé de donner quelques leçons à Patricia, qui en mourait d'envie. Annabel fut enchantée.

— Cela me soulage, avoua-t-elle à Janine. Cette pauvre petite était obligée de porter son gilet de sauvetage à longueur de temps. Je comptais d'ailleurs y remédier moi-même en arrivant ici.

Après le petit déjeuner, Janine prenait une tasse de café sous la véranda, en attendant Patricia, quand la famille arriva au grand complet, accompagnée des Mac Wraith. Ralph devait initier tout le monde à une séance de plongée sous-marine.

Annabel et Andy remercièrent vivement Janine de bien vouloir s'occuper de leur fille.

— Cela me fait plaisir, les rassura Janine. Je suis heureuse de passer quelque temps en compagnie de Patricia.

La petite fille rougit et eut un timide sourire. Les deux couples sortirent. Janine se leva.

— Alors, Patricia, tu es prête ?

— Oui, Janine.

La petite fille portait un bikini bleu ravissant dont les minuscules triangles de tissu cachaient son absence de poitrine.

Elle prit la main de Janine.

— Je me plais beaucoup, ici, fit-elle avec un soupir d'aise. J'aimerais y rester pour toujours !

— Tu as bien le temps d'y penser, dit Janine en riant.

— Les jours ne me sembleraient pas aussi longs que sur le *Carousel*...

Janine sourit.

— Tu n'es pas contente de voyager sur un grand bateau ?

— Oh si ! J'adore cela.

Janine n'eut pas le temps de se faire expliquer le paradoxe, car elles venaient de rencontrer un groupe d'invités qui eux aussi se rendaient sur la plage. Et Patricia se mit aussitôt à bavarder avec eux.

Janine choisit un endroit tranquille, à l'écart de Blue Haven. Il y avait suffisamment de place pour que chacun puisse s'ébattre à son aise ! Le sable blanc qui entourait l'île était pareil à un collier, sur la robe bleue de la mer...

Janine fit glisser la fermeture Eclair de sa robe et posa celle-ci à côté de sa serviette. Patricia la regarda avec une admiration non feinte.

— Oh, il est beau, ton maillot ! s'exclama-t-elle. Il est mieux que le mien.

Patricia était une enfant charmante, avec son visage couvert de taches de rousseur, ses grands yeux et son petit nez retroussé. Elle n'était pas encore jolie, mais elle le deviendrait avec l'âge.

Amusée, Janine répondit :

— Que reproches-tu au tien ? Il te va à ravir. Il est exactement de la couleur de tes yeux.

— C'est vrai ?

Elle détailla néanmoins Janine avec attention, puis bomba le torse et déclara :

— J'aimerais avoir... des seins comme les tiens !

Janine éclata de rire.

— Allez, viens, tu vas prendre ta première leçon de natation.

Patricia était une bonne élève et elle n'avait pas peur de l'eau. Dans deux jours, elle nagerait comme un poisson ! Au bout d'une demi-heure, elle pratiquait déjà un semblant de crawl, soutenue par la main de Janine sous son ventre.

— Tu es douée, lui dit Janine en la tournant pour lui apprendre à faire la planche.

Après un moment, elle reprit :

— Maintenant, allons nous reposer un peu. L'heure du déjeuner approche.

Patricia n'avait pas du tout envie de sortir de l'eau, mais elle obéit sans trop de protestations. Janine lui passa de l'huile solaire sur la peau, puis s'en enduisit elle-même. Bien qu'elle fût toujours bronzée, elle prenait la précaution de mettre de la crème après chaque baignade. Sa mère lui rappelait souvent : ce n'est pas parce qu'on passe son temps au soleil et dans l'eau salée, qu'il ne faut pas lutter contre les rides !

— Rose prend beaucoup de bains de soleil, fit Patricia en s'efforçant d'adopter la même position que Janine, mains derrière la tête, jambes croisées.

Le soleil était délicieusement chaud sans être brûlant

et une légère brise venait du large. Le temps idéal pour pratiquer la plongée !

Janine pensa aux Reimer et aux Mac Wraith, qui devaient se trouver en ce moment même parmi les poissons multicolores et le corail, dans le monde sous-marin, silencieux et fascinant. Quand pourrait-elle y retourner ? Si elle savait s'organiser, peut-être... Mais tout le matériel de plongée sous-marine de l'île appartenait à Ralph, et elle ne lui demanderait certes pas la faveur de l'utiliser, ne serait-ce qu'une heure !

Lentement, Janine s'assoupit.

Les gloussements de Patricia l'éveillèrent, ainsi qu'une sensation bizarre entre ses orteils : Chilton Kendrick, un sourire radieux aux lèvres, lui versait du sable sur les pieds.

Janine regarda par-dessus ses lunettes de soleil, et Patricia l'imita aussitôt.

— Bonjour, Chilton. Tout va bien ?

— Oui, oui, merci.

Ses yeux parcoururent longuement la silhouette étendue dans le sable. Il détailla avec attention les jambes fines, les cuisses, le ventre plat et le renflement de la ferme poitrine.

Janine s'assit, gênée par l'insistance avec laquelle Chilton l'observait. Elle avait l'impression que, comme Ralph, il prenait soudain conscience qu'elle était une femme et qu'il avait du mal à le croire.

— Chilton, s'écria Patricia, je sais nager ! Janine m'a appris.

— Sans blague ! fit Chilton, impressionné. Il faudra que tu me montres tes talents.

Patricia ne se le fit pas dire deux fois.

Elle prit ses jambes à son cou, plongea dans les vagues et disparut. Janine eut un mouvement pour se lever, mais la gamine avait déjà refait surface. Janine se détendit. L'eau était peu profonde. Patricia ne risquait rien.

Chilton s'assit auprès de Janine. Il sentait bon la lotion après-rasage.

— Tu t'es déjà baigné ? interrogea la jeune fille.

— Non. J'avoue que je viens de me lever. Quelle nuit ! Toi aussi, tu as dû te coucher tard, et pourtant, tu es fraîche comme une rose.

— Une bonne douche et un café noir font des merveilles, expliqua-t-elle en riant.

— A propos de merveilles, c'est fou ce que tu as pu changer en si peu de temps. La dernière fois que je t'ai vue, tu étais une enfant.

— Oh, Chilt, n'exagère pas...

— Non, non, il n'y a qu'un an, mais je t'assure...

— Je crois que je suis restée jeune trop longtemps, admit-elle avec amertume.

— Ne t'excuse pas. Il n'y a pas d'urgence à grandir. Les responsabilités arrivent bien assez tôt !

Elle lui sourit.

— Oui, et elles nous font vieillir du jour au lendemain.

Janine aimait bien parler avec Chilton. Sa compagnie la détendait. Il venait à Fangufangu depuis des années et faisait pour ainsi dire partie de la famille. Elle le considérait comme « un vieil ami », et pourtant il n'était pas beaucoup plus âgé que Ralph. Il devait avoir environ trente-cinq ans.

— Je te comprends, fit-il. Cela m'est arrivé aussi. J'avais dix-huit ans quand mon père est décédé, et je suis devenu patron de son empire. J'en étais traumatisé. Il m'a fallu cesser de jouer les play-boys et prendre la vie au sérieux.

Janine ignorait cela. Elle savait seulement qu'il possédait une chaîne de restauration rapide aux Etats-Unis. La jeune fille hocha lentement la tête.

— Mon cas est un peu différent. Je n'étais pas obligée de revenir ici. Je pouvais très bien demeurer en

Australie. Papa aurait vendu l'île, et il vivrait actuellement dans le luxe.

— Pourquoi n'es-tu pas restée à Sydney ?

Janine se sentit rougir et détourna la tête.

— A cause de tout cela, fit-elle en ouvrant les bras. Le ciel, la mer, le soleil. J'aime cet endroit, c'est tout.

— C'est vraiment tout ? demanda-t-il avec malice.

— Oui.

Elle le fixa droit dans les yeux, mais son cœur battait très fort.

— Regardez-moi, regardez-moi ! cria tout à coup Patricia en barbotant joyeusement. Je sais nager !

Janine applaudit et Chilton lança un retentissant :

— Bravo !

— Elle a un pied au fond, chuchota Janine en riant.

— Elle est adorable.

— Tu aimes les enfants, Chilton ?

Elle ne l'imaginait pas en père de famille.

— Oui, et toi ?

Elle hocha la tête.

— Je me sens bien avec eux. En revanche, certains adultes m'effraient. Je dois avoir encore un pied dans l'enfance !...

Elle songea avec tristesse qu'elle ne pouvait pas parler aussi librement avec Ralph.

— Tu devrais te marier, Jan, et fonder un foyer.

— Trouve-moi d'abord un époux. Je ne vois pas tellement de candidats valables, par ici...

Il l'observa attentivement.

— Pardonne-moi, mais j'avais dans l'idée que toi et Ralph, enfin... qu'il y avait...

— Non, dit-elle, un peu trop brusquement. Il n'y a rien. Ralph et moi sommes... des collègues, c'est tout.

— Vous n'êtes pas bons amis ? insista-t-il, en remarquant son changement d'attitude.

— Oh si, bien entendu. Je crois...

Elle haussa les épaules. Le mal était fait.

Chilton savait à présent qu'il y avait quelque chose entre eux. Elle aurait juré qu'il s'en doutait depuis le début. Ses questions habiles n'avaient pas été posées par simple curiosité. Un inexplicable sentiment de gêne l'envahit.

Il lui adressa un sourire malicieux.

— Je n'aurai donc aucun rival...

— Je croyais que tu étais fiancé, reprocha-t-elle d'un ton faussement sérieux.

— Sûrement pas !

— Mais Rose... ?

— Rose ? Ah oui ! Nous sommes, comme tu dirais... très bons amis.

Il eut soudain l'air peiné, sans que la jeune fille en comprît la raison.

A peine avait-il achevé sa phrase qu'une ombre se profila sur le sable. Tous deux levèrent la tête et aperçurent Rose, debout derrière eux. Elle était resplendissante, avec son bikini vert émeraude et ses cheveux flamboyants, un bonnet de bain à fleurs dans la main.

Ses yeux lançaient des éclairs. Elle darda sur eux un regard presque haineux. Avait-elle entendu leur conversation ?

— Ah, te voilà, dit-elle à Chilton d'un ton glacial. Je te cherche partout depuis une heure !

— Et tu m'as trouvé, fit Chilton. Quelle chance tu as !

Rose dévisagea Janine d'un air suspicieux. Elle la soupçonnait sûrement d'avoir attiré Chilton en cet endroit isolé de la plage.

Janine se leva.

— Il faut que je rentre pour superviser le déjeuner. Lavinia va se demander où je suis passée. J'étais venue donner une leçon de natation...

— Patricia ! appela-t-elle. Allons, il est temps de partir !

Apparemment, Rose n'avait pas vu la petite fille. Mais l'expression de son visage ne changea pas pour autant.

— Bonjour, Rose, fit Patricia en arrivant près d'eux. Je sais nager ! Vraiment...

Puis elle reconnut, en toute honnêteté :

— Enfin, avec un pied au fond de l'eau...

— Demain, tu n'auras plus besoin de ça, affirma Chilton en lui passant les doigts dans les cheveux.

Il ne parvenait pas à avoir l'air protecteur. Pas plus que Rose, toujours figée au même endroit. Janine se surprit à souhaiter que Chilton ne se marie pas avec Rose. Elle les trouvait si mal assortis, tous les deux !

Patricia ramassa sa serviette et tourna les talons, en prenant fermement la main de Janine.

— Je n'aime pas Rose, bougonna-t-elle une fois qu'elles furent loin du couple.

— Oh, Patricia ! Et pourquoi donc ?

— Elle m'ennuie !

Janine sourit.

— Ah bon ? Comment cela ?

— Elle me donne toujours des ordres et elle me gronde tout le temps.

— Cela ne te fait pas plaisir de l'aider ?

Intérieurement, Janine imagina très bien Rose envoyant la gamine çà et là, uniquement pour satisfaire ses nombreux caprices.

Patricia leva les yeux vers Janine.

— Je préférerais t'aider toi, rétorqua la fillette. M'en crois-tu capable ?

Janine était émue.

— C'est gentil de ta part. Je suis sûre que tu me serais très utile.

Elle réfléchit un instant avant d'ajouter :

— J'ai trouvé. Est-ce que tu aimerais cueillir des fleurs pour décorer les tables ? Ensuite tu pourrais les arranger dans les vases.

— Oh oui ! s'écria Patricia, ravie.

Les choses semblaient si simples, quand on ne les compliquait pas à loisir. Pourquoi Patricia était-elle adorable, alors que Rose, une adulte, avait tout de la véritable peste ? Janine savait par Eleni et Viliamu que cette dernière se plaignait sans cesse de mille et un détails.

La jeune fille croisa Rose dans la véranda, un peu avant le repas de midi.

— Je tiens à vous signaler, dit cette dernière d'un ton sec, que Patricia est en train de rôder dans la salle à manger.

— Oui, merci. Je le sais, répondit Janine. Elle s'occupe des fleurs. C'est une enfant très serviable.

— Pour le moment, peut-être ! Vous ne la connaissez pas. En réalité elle est gâtée et insupportable.

— Ah bon ? Je l'ai trouvée très intelligente, pourtant...

— Attendez qu'elle vous rabroue, vous verrez. L'autre jour, je lui avais demandé de m'apporter mon flacon d'huile solaire, et cette petite insolente m'a rétorqué qu'elle ne pouvait pas y aller car elle était occupée ! Et cela n'a pas l'air de préoccuper ses parents le moins du monde...

Janine eut envie de rire. Elle imagina la colère de Rose et la tension qui avait dû s'ensuivre à bord du *Carousel*. De toute évidence, Rose n'accordait pas à Patricia une minute d'attention. Or, comme tous les enfants, la fillette avait besoin de gentillesse et d'affection. En échange de quoi elle pouvait être la plus charmante des petites filles.

A cet instant Andy Reimer entra dans la pièce et commenta :

— On dirait que vous avez une nouvelle employée !

— Elle est formidable, approuva Janine.

— J'espère qu'elle ne vous gêne pas trop.

— Au contraire. Je craignais simplement qu'elle ne

s'ennuie un peu, mais elle s'est fait une foule d'amis parmi les enfants de l'île.

— C'est chic de votre part de veiller sur elle. Vous savez, elle vous adore. Vous avez le don de plaire aux enfants, Janine.

Elle rit.

— Certains affirment que c'est parce que je n'ai pas grandi moi-même.

— En tout cas, vous pourriez donner des cours à Rose. Mon Dieu, que cette fille est antipathique !

Il leva les yeux au ciel.

— Mais qu'est-ce que Chilton peut bien lui trouver !

— Elle est très belle...

— Elle a une moue boudeuse, un regard glacial...

Et une poitrine que Patricia lui envierait certainement, songea Janine, amusée.

Andy grimaça un sourire d'excuses.

— Je crois que Rose nous a tous exaspérés avec son égoïsme. Pendant la tempête, elle a été odieuse. Tout le monde était sur le pont, sauf, devinez qui... D'accord, elle souffrait du mal de mer, mais les autres ne tenaient pas la grande forme non plus, je vous assure.

La jeune fille soupira.

— Je me suis toujours demandé comment les gens faisaient pour naviguer des jours entiers, confinés dans un espace si réduit. Il faut une grande souplesse de caractère, sans quoi...

Elle haussa les épaules.

— A qui le dites-vous ! C'est l'enfer. D'ailleurs, Annabel et moi ne renouvellerons pas ce genre d'expérience. Une fois suffit.

Il regarda autour de lui.

— En revanche, j'adorerais revenir ici, un jour. C'est le paradis. J'espère que vous ne laisserez jamais personne le détruire. N'allez pas vendre à un promoteur, surtout !

— Il n'y a pas de danger! Fangufangu restera telle qu'elle est.

Il lui posa la main sur l'épaule.

— Tant mieux. Vous ne manquez pas de cran, pour diriger tout cela vous-même. Votre père doit être fier de vous.

— Oh, il est encore trop tôt pour juger, dit-elle modestement. Tant de choses peuvent se produire...

Elle s'en voulut de répéter les propres paroles de Ralph.

— Je suis sûr que vous y arriverez! assura Andy avec chaleur.

— Merci, Andy. Votre confiance me fait beaucoup de bien.

Chilton et ses amis restèrent une quinzaine de jours, et contrairement à ce qu'elle craignait, Janine n'eut aucun problème de nourriture. En plus des ressources naturelles qu'offrait l'île, les hommes ramenaient souvent du poisson frais qu'ils avaient pêché.

Heureusement, le bateau avait livré un stock suffisant de boissons lors de son dernier passage. A plusieurs reprises, Rose eut des exigences qu'elle savait pertinemment impossibles à satisfaire, mais Janine avait pris le parti de n'y prêter aucune attention.

Elle était ravie de la présence de Chilton et de ses amis. Elle trouvait Annabel et Fiona très sympathiques. A son grand étonnement, Rose parut se radoucir.

Janine devina vite que l'amélioration de son humeur était due plus à la présence de Ralph qu'à celle de Chilton. L'attrait évident que Ralph exerçait sur Rose intriguait beaucoup la jeune fille.

A en juger par sa conversation, Rose aimait l'opulence, le luxe, et le jeune homme ne pouvait en aucun cas les lui offrir. Mais il apparut très vite à Janine que l'attitude de Rose vis-à-vis de Ralph était surtout fonction de celle que Chilton adoptait envers elle-même.

Soucieuse de ne créer aucune tension, Janine essaya de voir Chilton le moins souvent possible seule. Mais ce dernier recherchait toujours sa compagnie, et il lui était difficile de l'éviter totalement.

Une nuit, Chilton organisa une soirée à bord du *Carousel.* Il y invita tout le monde. La jeune fille, après de longues hésitations, opta pour une des robes qu'elle avait achetées à Sydney, et qu'elle n'avait jamais portée.

En soie grège, d'une très grande finesse, elle lui seyait à merveille, rehaussant la couleur de ses cheveux et mettant sa silhouette en valeur.

Janine, malgré tout, trouvait le décolleté un peu profond. Peut-être l'était-il trop? Elle haussa les épaules. Après tout, chacun l'avait vue en bikini! Et puis, elle savait que Rose la surpasserait de toute façon. Elle attacha une chaîne en or autour de son cou. La manière dont elle avait depuis peu pris conscience de son corps la laissa perplexe...

Quand Janine arriva à la soirée, Ralph était debout sur la passerelle. La musique et les rires retentissaient dans la nuit. De loin, elle observa un instant les invités qui bavardaient sur le pont. Janine ne reconnut pas Ralph tout de suite. Elégamment vêtu d'un smoking blanc, d'une chemise bleu-nuit à jabot et d'une cravate claire, il lui apparut sous un jour qu'elle ne soupçonnait pas.

— Bonsoir, Janine, la salua-t-il d'une voix sourde.

Il lui offrit la main pour l'aider à se hisser à bord du yacht. Leurs regards se croisèrent et elle eut du mal à simuler l'indifférence. Pourquoi l'impressionnait-il autant?

Il la détailla de ses yeux gris-vert.

— Tu es encore plus belle que le jour de ton arrivée,

fit-il en souriant comme si, à présent, le souvenir de cette journée l'amusait.

Elle retira vivement sa main de la sienne.

— Je pense que chacun aura eu à cœur de bien se vêtir pour la soirée de Chilton.

— Ou bien pour Chilton lui-même, rétorqua-t-il, soudain glacial.

Janine fut soulagée de voir s'approcher leur hôte.

— Janine ! Bienvenue à bord. Ralph, je suis content de te voir. Allons prendre un verre.

Il eut l'air surpris de constater que la jeune fille soit venue avec Ralph.

Elle ne chercha pas à le détromper et entra dans le salon à la suite de Ralph. Janine n'aurait jamais cru que tant de personnes pouvaient tenir dans un endroit aussi exigu. Elle s'apprêtait à rejoindre les Reimer et les Mac Wraith, lorsqu'elle vit Ralph traverser la pièce pour aller saluer Rose.

Ainsi qu'elle l'avait prévu, l'audace vestimentaire de cette dernière surpassait nettement la sienne. Elle portait une robe de soie vert foncé, qui moulait étroitement les formes de son corps parfait. Habilement ouvert des deux côtés, le vêtement dévoilait ses longues cuisses bronzées dès que Rose bougeait.

Ralph paraissait aux anges.

Janine détacha son regard pour se tourner vers Greg Mac Wraith. Peu bavard, il semblait d'ordinaire toujours peser ses mots. Aussi, quel ne fut pas l'étonnement de Janine, lorsque, après un bref échange de banalités, il attaqua :

— Fangufangu est vraiment un endroit bien particulier, Janine. J'espère que vous ne laisserez pas Chilton le détruire.

Elle tressaillit.

— Greg, mais...

Il plissa ironiquement les lèvres.

— Allons, ne me dites pas que vous n'avez pas

entendu parler des grands projets que Chilton a pour cette île.

Un long frisson la parcourut.

— Je ne suis pas au courant.

Il hésita un moment, puis finit par déclarer :

— Peut-être ai-je mal interprété... Peut-être inventait-il... Mais il affirme être venu pour trouver un terrain et y bâtir un supermarché ainsi qu'un parking de plusieurs étages.

Elle parvint à rire.

— Il n'osera jamais m'en parler !

— Qui sait ?... Pas plus tard qu'hier, Ralph et lui étaient sur la plage, et Chilt dessinait des plans dans le sable. Ils émettaient différentes idées...

— Lesquelles ?

— La construction d'un hôtel de trois cents chambres, entre autres.

Il s'interrompit pour guetter la réaction de Janine. Elle secoua la tête résolument. Greg Mac Wraith sourit et continua :

— Je suis d'accord, cela serait la mort de l'île. Je vous laisse imaginer la suite de ses suggestions : un complexe touristique avec cinéma, piscine, boutiques...

Janine haussa les épaules.

— Il faudra d'abord qu'il me tue !

Greg s'esclaffa.

— Oh, je doute qu'il aille jusque-là, mais...

— Mais quoi ?

— Vous êtes une femme, Janine, donc vulnérable. Je vous crois suffisamment intelligente pour en tirer des conclusions.

Non, elle ne voyait pas ce qu'il voulait dire. Comment Chilton pourrait-il l'obliger à faire ce qu'elle ne voulait pas ? Et quel rôle jouait Ralph exactement ? De toute évidence, ils avaient l'un et l'autre le même désir de la déposséder pour aménager l'île à leur guise !

Peu après, elle quitta le salon et monta sur le pont.

Accoudée au bastingage, elle contempla longtemps les reflets de la lumière du yacht sur l'eau calme du lagon. Elle était perdue dans ses pensées, lorsque Chilton vint s'installer à côté d'elle.

— Toute seule ?

Elle regarda le ciel.

— Quelle belle nuit, tu ne trouves pas ?

— Si, en effet...

L'odeur du jasmin et des fleurs d'amandier se mêlait au goût salé de la mer. Dans le lointain, le son lancinant d'un tambourin s'estompait.

Chilton se rapprocha encore de Janine. Il la prit par l'épaule et colla sa joue à la sienne.

— Tu es la plus belle femme que j'aie jamais rencontrée, Janine.

Il tourna lentement la tête et effleura légèrement ses lèvres. Cette marque d'affection se transforma peu à peu en une étreinte passionnée. Elle se laissa embrasser, sans le désirer vraiment, mais presque pour étudier sa propre réaction. Cela n'avait rien à voir avec le feu qu'allumaient en elle les baisers de Ralph. Elle se sentait détendue. La proximité de Chilton ne suscitait pas en elle le moindre trouble.

Il s'écarta enfin et murmura doucement :

— Tu es vraiment formidable.

Elle savait que c'était de la flatterie. Janine n'avait pas donné à Chilton le quart de ce qu'il attendait. Il devait être habitué à tout autre chose.

— Pourquoi as-tu fait cela ? demanda-t-elle sèchement.

— Pourquoi je t'ai embrassée ? Quelle question ! Aucun homme ne résisterait à ton charme.

— Es-tu sûr de ne pas avoir un motif particulier ?

Il eut un air faussement choqué.

— Janine !

— Je pensais, simplement... que cela pouvait être une façon d'obtenir ce que tu veux.

— Ce que je veux ?

— Fangufangu...

Elle fut heureuse de voir changer l'expression de son visage.

— C'est vrai, je suis acheteur à n'importe quel prix...

— Je ne vendrai jamais ! Mais peut-être espères-tu arriver à me convaincre... en tentant de me séduire !

— Que n'as-tu pas inventé ? s'écria-t-il en riant.

— Chilton Kendrick, il faut que tu comprennes une fois pour toutes qu'on ne m'achète pas avec des baisers !

Une lueur de défi passa alors dans les yeux du jeune homme.

— Je suis sûr qu'une femme amoureuse est prête à n'importe quoi pour celui qu'elle aime, nargua-t-il gentiment.

— Tout dépend de la femme, murmura Janine.

Elle nota que Ralph, à l'arrière du bateau, tenait Rose par la taille.

— Je comprends la position de ton père vis-à-vis de cet endroit, reprit Chilton. Mais toi, tu es différente. Tu as d'autres ambitions. Rends-toi compte que cela pourrait devenir une mine d'or ! Un paradis terrestre !

— Le paradis et la richesse ne vont pas souvent ensemble...

Il ne releva pas l'ironie et poursuivit :

— Bien sûr que si ! Laisse-moi m'en occuper, tu verras. Un bon gérant, de l'argent, le sens des affaires et...

— Et en un clin d'œil, nous avons un hôtel de trois cents chambre, un casino, trois piscines, un terrain de golf, une marina, de belles routes goudronnées, des voitures partout...

Elle s'arrêta pour reprendre sa respiration, puis ajouta :

— Et, avec un peu de chance, de la place pour deux ou trois palmiers !

Chilton resta insensible au sarcasme.

— Je n'irai pas si loin !...

Soudain, son regard s'adoucit. Il la fixa avec attention, puis l'enlaça à nouveau.

— Epouse-moi, Jan.

Elle faillit éclater de rire.

— Oh ! Tu ne veux pas me rendre amoureuse, d'abord ?

— Jan, quand j'embrasse une fille, je sais tout de suite si elle m'aime ou non !

Désarçonnée par cette remarque, son visage s'empourpra. Néanmoins, elle répondit en le repoussant :

— Tu te trompes, Chilt.

Il haussa les épaules.

— Bon, Alors, peut-être accepteras-tu une simple association ?

— Non ! fit-elle, exaspérée.

— Tu ferais fortune, je t'assure.

— Cela ne m'intéresse pas ! Ne comprends-tu pas, Chilton, que l'île représente, pour mon père comme pour moi, bien plus que de l'argent ?

Il sourit.

— Tu n'as pas changé. Mais tu es aussi une jeune femme, Janine, et tu as goûté à un autre genre de vie. Regarde ce que Sydney a fait de toi, regarde tes vêtements, ton maquillage. Je ne t'avais jamais vu mettre du rouge à lèvres auparavant... D'accord, tu es revenue ici emplie de nostalgie, désireuse de tout conserver comme avant, et voulant prouver à tout prix que tu pouvais diriger l'ensemble toi-même. Mais je vais te donner un conseil : méfie-toi ! Tu en auras vite assez et tu ne songeras qu'à t'en aller. Si tu acceptais de devenir ma femme, tu serais à la fois libre et riche.

— Mon seul désir est de rester ici ! Sydney ne m'a pas attirée comme tu le crois. Mon attitude sophistiquée n'était qu'une apparence. Je cherchais uniquement à tester la réaction des gens.

— Quoi !

— J'espérais qu'une telle image inspirerait le respect. Je voulais être traitée en adulte et non comme une enfant. J'avais besoin de ressembler à un patron et d'acquérir un peu de confiance en moi.

— Avais-tu si peur que cela ?

Elle fit oui de la tête.

— En tout cas, tu nous as bien bernés. Tu as grandi, Jan, tu n'as plus besoin de fantaisies vestimentaires ni de faux cils.

Elle fit mine d'être vexée.

— Mes cils sont vrais !

Il vérifia du bout des doigts.

— Mon Dieu, mais c'est exact ! Je regrette seulement que tu ne t'en serves pas pour essayer de me séduire, comme Rose le fait avec Ralph.

— Je me moque de Rose et de Ralph !

— En es-tu sûre ?

Avant qu'elle ait pu protester, il enchaîna :

— Bon, je vais aller le tirer de ses charmantes griffes. Je les vois à l'autre bout du bateau, et Rose s'applique désespérément à tenter de me rendre jaloux.

— Y réussit-elle ?

Il haussa les épaules.

— Je ne crois pas. Rose est adorable sur bien des points, mais elle est un peu trop imbue d'elle-même. Il faut toujours qu'elle soit le centre d'attraction, sans quoi elle est d'une humeur massacrante.

Il saisit vivement la main de Janine et lui baisa doucement les doigts.

— Tu ne me croiras certainement pas, mais tu es la première femme avec laquelle j'ai cru pouvoir me marier et être heureux.

— Oh, Chilton, je t'en prie...

Un bref instant, Janine eut néanmoins l'impression qu'il était sincère.

— Surtout ne crains rien, fit-il. Je ne vais pas me jeter à l'eau de désespoir. Mais si un jour tu cesses d'aimer Ralph, fais-moi signe !

Il s'éloigna et Janine serra les poings. Il avait eu le dernier mot, au sujet de Ralph...

Elle resta un moment sur le pont, puis retourna au salon. Elle trouva l'atmosphère trop enfumée, aussi décida-t-elle de chercher Chilton pour lui souhaiter une bonne nuit. La soirée semblait devoir se prolonger jusqu'au matin, mais Janine avait sommeil. Ralph était-il parti ? Elle ne l'avait pas vu, dans le salon.

Il n'y avait personne sur le pont. Où pouvaient bien être Rose et Chilton ? Elle ne les avait pas aperçus en bas non plus.

Elle se dirigeait vers l'arrière du bateau, quand une voix appela doucement :

— Janine...

Ralph était assis dans l'ombre, sur un rouleau de cordages. Il fumait une cigarette, dont le bout incandescent éclairait quelque peu son visage.

— Tu te caches ? jeta-t-elle négligemment. J'espère que ce n'est pas Rose qui te fait peur !

Il parut ne pas avoir entendu.

— As-tu délaissé Kendrick ?

Le ton sec et le fait qu'il n'ait pas appelé Chilton par son prénom ébranlèrent Janine.

— Je le cherche pour lui dire bonsoir.

Ralph se leva, l'air absent, et lui saisit le bras avec une rudesse inaccoutumée.

— Il faut que je te voie, dit-il.

— Je ne pense pas que cela soit nécessaire !

Elle tenta de se dégager. La moitié de son être le repoussait, l'autre moitié s'enflammait à son contact.

— J'ai à te parler.

Janine se laissa entrainer vers la passerelle. Tant pis.

Elle s'excuserait demain auprès de Chilton. Mais ce ne serait pas la peine : ils le trouvèrent sur la jetée, en compagnie de Rose. A en juger par leur attitude nerveuse, Janine sentit tout de suite qu'ils venaient de se disputer.

— Janine ! Tu ne te sauves pas, au moins ? s'enquit Chilton en venant vers elle, tandis que Rose restait à l'écart, la mine renfrognée.

— Je dois me lever tôt, demain matin.

— Alors, je te laisse partir. Mais je crois que tu travailles trop. N'es-tu pas de mon avis, Ralph ?

Il se pencha pour l'embrasser, sans doute dans le but d'exaspérer Rose.

— Bonne nuit, Jan.

Ralph les salua à son tour.

Alors qu'ils marchaient le long de la jetée, Janine se rendit compte soudain que Ralph ne lui avait pas lâché le bras, même lorsqu'elle s'était approchée de Chilton. Considérait-il par hasard qu'elle lui appartenait...

— Eh bien, lui dit-elle au bout d'un instant, que voulais-tu me dire de si important ? Quelle faute ai-je encore commise ?

Il ne répondit pas de suite.

Quand ils arrivèrent au bungalow de Janine, il la relâcha, comme une enfant qu'on ramène de force à la maison.

— Je veux savoir si tu as l'intention de vendre l'île à Chilton Kendrick, commença-t-il enfin.

Janine le regarda. C'était donc cela. Il avait peur de ne pas avoir la première option... Pour se venger de la façon dont il la traitait, elle décida sur-le-champ de laisser planer le doute.

— Je n'ai pas encore réfléchi.

Il fronça les sourcils.

— Es-tu au courant de ses intentions ?

— Que veux-tu qu'il fasse ?

— Allons, Janine, ne sois pas naïve ! Il transformera

Fangufangu en une ruche à touristes, comme il en existe tant, déjà.

Janine repensa aux paroles de Greg, qui affirmait avoir vu Chilton et Ralph bavarder sur la plage. Apparemment, Ralph soupçonnait Chilton de tenter de le tenir à l'écart...

— Je te croyais pourtant d'accord avec Chilton.

Sans lui laisser le temps de répondre, elle ajouta :

— De toute manière, je ne vendrai jamais !

— Chilton Kendrick n'a sûrement pas dit son dernier mot. Et j'imagine qu'il est amoureux de toi !...

Il y avait du mépris dans sa voix.

— Cela ne te regarde absolument pas, Ralph !

— Vous semblez très liés, tous les deux. D'ailleurs, tu n'avais pas l'air de t'ennuyer, à la soirée...

Janine sourit.

— Tu l'as vu m'embrasser, n'est-ce pas ? Et alors ? J'ai bien le droit de m'amuser non ?

Il lui lança un regard peiné.

— Tu as changé, articula-t-il lentement. Tu es devenue... si différente, si dure...

— Oui, et tu aimerais mieux que je sois vulnérable. Cela t'arrangerait !

En guise de réponse, il la prit dans ses bras et la serra très fort contre lui. Furieusement, il chercha à l'embrasser. Janinc sentit son cœur battre à tout rompre. Elle résista et se dégagea au prix d'un violent effort. Elle courut précipitamment jusqu'au bungalow et se jeta sur son lit.

Elle désirait Ralph de tout son être mais lui... Ne désirait-il pas seulement la propriétaire de Fangufangu ?

7

Toute la nuit, Janine tourna et retourna dans son lit, incapable de trouver le sommeil. Les événements de la soirée lui torturaient l'esprit. Par deux fois, elle se leva et se mit à la fenêtre, regardant fixement les étoiles, comme si elle cherchait en elles une solution à ses problèmes.

Elle s'assoupit un peu avant l'aube, épuisée physiquement et moralement. Deux heures plus tard, elle s'éveillait, comme à son habitude, en même temps que le soleil. Malgré toute sa lassitude, elle prit une ferme résolution. Jusqu'à présent, elle s'était conduite comme une enfant. A partir de maintenant, elle cesserait complètement de penser à Ralph.

Je perds mon temps à aimer un homme comme lui, se dit-elle. De toute façon, ce n'est pas de l'amour, mais une simple attirance physique, ajouta-t-elle sans grande conviction.

La jeune fille s'en voulait pour le moment de faiblesse où Ralph l'avait prise dans ses bras. Sous la douche, elle se frotta énergiquement, comme pour effacer jusqu'au souvenir de cet instant. Dorénavant, elle n'aurait plus qu'une seule préoccupation en tête : faire en sorte que Blue Haven fonctionne parfaitement.

La première personne que Janine rencontra ce matin-là fut Rose. Elles se croisèrent sous la véranda, après le petit déjeuner. Les invités commençaient à se disperser et Rose s'approcha d'elle, l'air sinistre.

Janine se prépara à l'affronter, certaine qu'il allait être question de Chilton. Mais les doléances de Rose furent plus matérielles. Elle se plaignit entre autres qu'un moustique l'empêchait de dormir, qu'elle avait vu un cafard dans la salle de bains, que le linge qu'elle avait donné à laver ne lui avait toujours pas été remis.

— Je vais faire désinfecter votre chambre, promit Janine. Et je verrai Ana ce matin, au sujet de vos vêtements.

Elle s'efforça de rester polie et de sourire, mais le ton autoritaire et hautain de Rose l'exaspérait au plus haut point.

Rose soupira :

— Ah, je ne serai pas fâchée de quitter cet endroit !

Puis, elle prit une mine dégoûtée pour ajouter :

— Quand je pense qu'il y a des gens qui trouvent que c'est le paradis !...

Janine se contenta de pincer les lèvres. Rose la toisa alors de bas en haut et poursuivit d'un ton hautain :

— Je suppose que cela vous amuse, de nous dresser les uns contre les autres.

— Je vous demande pardon ?...

— Chilt et Ralph. Tout le monde voit votre petit manège.

— Je ne comprends pas.

— Dites... Je ne suis pas aveugle. Qu'est-ce que cette île peut bien apporter à une fille comme vous ? Bien sûr, si vous vendez, vous deviendrez riche. Moi-même, à votre place, je n'hésiterais pas...

Janine ne put cacher son étonnement.

— Tout d'abord, Rose, vous n'êtes pas à ma place, et ensuite votre raisonnement ne tient pas debout, pour la bonne raison que, en admettant que je vende, Ralph n'a pas les moyens d'acheter Fangufangu.

La surprise se peignit sur les traits de Rose.

— Vraiment ?

Janine repensa à ce que lui avait dit Ralph : « Je crois que je pourrais m'arranger... » Et d'après Greg, il en avait discuté avec Chilton.

Elle s'apprêtait à demander des explications à Rose quand Annabel s'approcha, tenant le linge que la jeune femme réclamait. Ana l'avait déposé par erreur dans le bungalow des Reimer.

Rose prit un air crispé.

— Votre personnel est plutôt négligent, Janine. Vous feriez sans doute mieux d'y mettre bon ordre, au lieu de perdre votre temps avec Chilton !

Annabel ouvrit de grands yeux indignés.

Janine contint à grand-peine la bouffée de colère qui l'avait envahie. Mais Rose faisait partie de ses invités. La règle d'or de son père lui revint à l'esprit : les clients avaient toujours raison.

Elle s'éloigna à grandes enjambées.

Au cours du déjeuner, Janine remarqua que Rose et Chilton ne s'adressaient pratiquement pas la parole. Pourtant, ils avaient pris place à leur table habituelle. Apparemment, la dispute de la veille était loin d'être enterrée. Janine se trouvait près d'eux quand ils quittèrent la salle de restaurant. Elle entendit Rose déclarer d'un ton sans réplique :

— Je vais plonger avec Ralph, cet après-midi.

— Tu plaisantes, fit Chilton.

Il sourit à Janine qui les croisait à cet instant, puis reprit :

— Tu as horreur de l'eau, Rose. Et puis il faut avoir confiance en soi pour ce sport, surtout la première fois.

— Je suis sûre qu'avec Ralph, cela ira très bien !

Elle avait vraiment le don de pousser les gens à bout. Janine ne crut pas une seconde à cette histoire de plongée. Depuis son arrivée, Rose ne s'était pas baignée une seule fois. Elle passait tout son temps sur la plage, allongée en plein soleil.

En les voyant s'éloigner vers les bungalows, Janine soupira profondément. Elle se rappelait les heures passées avec Ralph à nager et à plonger. Rêveuse, elle cueillit une fleur d'hibiscus écarlate et la fit tourner entre ses doigts.

— Alors, Janine, vous ne vous découragez pas trop ? questionna Franck Winterman en s'approchant d'elle. Tout va bien au moins ?

— Oui, merci.

— Vous avez l'air abattue, pourtant. Quelque chose vous contrarie ?

— Non... Pas vraiment.

Elle avait un réel besoin de se confier à quelqu'un. Franck était un vieil ami de son père, et dans quelques jours, il reprendrait l'avion pour retourner chez lui, aux Etats-Unis. Oui. Franck Winterman pourrait la conseiller utilement.

— Venez avec moi, Franck, je vais vous montrer le potager. Nous avons aménagé un autre carré de terrain. Nous en aurons besoin, avec les futurs occupants des bungalows neufs !

Franck Winterman sourit et lui emboîta le pas.

— J'espère que vous n'allez pas trop vous agrandir...

Elle secoua la tête.

— Non. Les nouvelles constructions sont l'aboutissement des projets de papa, et je ne veux rien y changer.

Elle se tut un instant, puis reprit avec hésitation :

— Franck...

Il lui adressa un regard interrogateur.

En quelques mots, elle le mit au courant de l'insistance de Chilton, et de son idée de vouloir transformer Fangufangu. Il paraissait si sûr du résultat. Il était persuadé qu'il y arriverait.

Frank Winterman observait les rangs de laitues, bien alignées. Il fronça les sourcils.

— Chilton est un homme d'affaires, il n'a pas de cœur.

— Il me fait peur, Franck. Quand quelqu'un désire fortement quelque chose…

— Et Ralph ? Le croyez-vous aussi impitoyable que Chilton ?

— Je ne sais pas, Frank. Je m'inquiète peut-être pour rien…

Soudain, elle se sentit ridicule. Pourquoi confiait-elle tout cela à Frank Winterman ? Il devait la trouver parfaitement stupide.

Franck lui posa amicalement la main sur l'épaule.

— Ne vous tourmentez pas, Janine. Vous manquez encore un peu de confiance en vous, voilà tout. Vous avez une peur terrible de décevoir Robert, n'est-ce pas ? Dites-vous que cela n'arrivera pas. Ne vous laissez pas ébranler par des gens comme Ralph et Chilton.

Elle sourit.

— Merci, Franck. Vous avez raison.

Sur le chemin du retour, ils parlèrent de choses et d'autres, Janine se sentait mieux. Mais elle n'ignorait pas qu'il n'était pas bon de compter sur les autres pour se rassurer. Elle se devait d'être assez forte, d'acquérir une complète confiance en elle-même. Cela ne se ferait pas du jour au lendemain. Il y aurait toujours quelque chose ou quelqu'un pour venir détruire ce qu'elle avait tant de mal à réaliser.

C'est exactement ce que fit Greg Mac Wraith le jour même, bien involontairement, d'ailleurs. Il entra dans le bureau pour lui demander un renseignement, puis s'assit dans un fauteuil pour bavarder un moment.

— Rose et Chilt se sont disputés, hier soir, fit-il en grimaçant.

— Oui, nous les avons vus, Ralph et moi, en partant.

— Et… Vous savez à quel propos ?

— Vous n'avez aucune idée ?

— Si. Rose a-t-elle des raisons, de…

Il fixa Janine, sans terminer sa phrase.

— Non, non, aucune, Greg. Il ne s'est rien passé du tout entre Chilton et moi.

— Cela signifie pas que Chilt ait donné cette version des faits.

Greg alluma sa pipe et poursuivit.

— Je ne voudrais pas me mêler de ce qui ne me regarde pas, Janine, ni vous laisser supposer que je vous crois naïve, mais Chilton est toujours parvenu à ses fins.

— Et alors ?

— Il a dans l'idée de s'approprier Fangufangu.

— Sans mon consentement, cela lui est impossible.

Greg sourit.

— Avez-vous déjà accepté de l'épouser ?

— Le « déjà » est de trop, s'écria Janine. Je n'ai pas du tout l'intention de me marier avec Chilton, pas plus que de m'associer avec lui, d'ailleurs. Je puis vous en assurer !

Greg hocha la tête.

— Vous n'arriverez jamais à le convaincre d'une chose pareille. Il est persuadé qu'avec un peu d'insistance, il peut faire admettre son point de vue à n'importe qui ! Mais la question n'est pas là. Janine, où en êtes-vous, financièrement ?

Elle tressaillit.

— Financièrement ? Que voulez-vous dire ? Nous joignons les deux bouts, sans de trop gros bénéfices, mais mon père l'a voulu ainsi et je l'approuve.

— Bien sûr. Mais avez-vous pensé aux catastrophes naturelles ?

Janine se mit à rire.

— Oh, Greg ! Il n'y a pas eu de cyclone depuis plus de trente ans ! Officiellement, nous sommes hors de la zone. Quant aux tremblements de terre, ils sont très rares et n'ont jamais causé aucun dégât.

— Tout de même, insista Greg, si un incendie se déclarait à Blue Haven ? Si je ne m'abuse, vous avez connu une petite alerte à ce propos... Si, donc, Blue Haven était détruit, auriez-vous les moyens de tout reconstruire ?

Janine se mordit la lèvre. Elle n'avait jamais envisagé cette éventualité.

— Je... Je ne sais pas...

— Et je suppose que votre compagnie d'assurances ne vous couvrirait que partiellement, en cas de désastre de ce genre. Je peux me tromper, Janine, mais les banquiers accordent plus facilement leur confiance à un homme qu'à une jeune femme. Votre père n'aurait aucune difficulté à obtenir un prêt s'il en avait besoin, tandis que vous...

Janine était de plus en plus mal à l'aise. Il y aurait donc toujours des pièges ? Peut-être avait-elle eu tort de prendre la succession... Elle se sentait terriblement vulnérable.

Greg lui adressa un sourire qui se voulait rassurant.

— Je dois vous paraître bien pessimiste, mais vous devriez malgré tout réfléchir à ce que je viens de vous dire. Chilton a pour habitude de surgir au bon moment.

— Il ne peut tout de même pas créer un ouragan dans le but de me nuire ! s'exclama-t-elle, exaspérée.

— Non. Mais ce qui m'y a fait songer, c'est l'annonce, à la radio, d'un typhon. Oh, je vous rassure, il passera à des centaines de kilomètres d'ici !

Il haussa les épaules.

— C'est incroyable, mais Chilton Kendrick a le don étrange d'être toujours là au bon moment. Il saisit toutes les opportunités. Un jour, en Californie, il est passé devant une vieille usine à l'instant où elle brûlait. Depuis longtemps, il convoitait ce bâtiment, mais se heurtait sans cesse au refus du propriétaire de la lui céder. Eh bien, à peine la fumée fut-elle dissipée, que l'affaire était conclue ! Croyez-moi ! Il faut se lever de bonne heure pour déjouer les intentions de Chilton Kendrick !

Janine eut l'air ébranlée.

— Merci de me prévenir, Greg.

Il se leva.

— J'espère ne pas vous avoir trop inquiétée, mais je préférais vous prévenir. Tenez-vous prête à toute éventualité !

Dès que Greg fut sorti, Janine courut malgré elle consulter le baromètre. Elle vit avec soulagement que ce dernier indiquait le beau fixe. Mais cela ne voulait rien dire. Tout pouvait changer en quelques heures.

Greg l'avait rendue nerveuse. D'un autre côté, elle lui était reconnaissante de l'avoir avertie. Bien qu'il fût un ami de Chilton, Greg semblait loyal.

La mésentente durait entre Rose et Chilton. Janine en apprit les raisons le lendemain, par Annabel et Fiona.

Après dîner, elle s'était assise avec elles sous la véranda, tandis que les hommes jouaient aux cartes dans l'autre salle. Rose, maussade, avait décidé de se coucher de bonne heure.

— Tant mieux, commenta Fiona. J'en ai assez de la voir bouder sans arrêt.

— Je l'ai entendue se disputer avec Chilt, la nuit dernière. Je pense que cette fois, ils ont atteint le point de non-retour ! déclara alors Annabel.

Fiona demanda, les yeux brillants de curiosité :

— Raconte-nous ! Qu'est-il arrivé ?

— Il devait être onze heures. Je suis allée faire un tour avant de me mettre au lit ; je prenais le frais sur la plage, et ils étaient là, en train de se chamailler.

Annabel regarda Janine d'un air coupable, et ajouta :

— J'ai bien peur de m'être cachée dans l'ombre pour écouter ce qu'ils disaient ! Au début, j'ai cru à une simple dispute d'amoureux, puis j'ai surpris leurs paroles. Chilton a crié à Rose qu'elle pouvait prendre le prochain avion pour les Fidji, qu'il ne la regretterait pas.

— Oh la la, s'écria Fiona. Et qu'a-t-elle répondu ?

— Je crois qu'elle a pris la décision de partir. Elle a répliqué qu'elle en avait plus qu'assez de son maudit bateau et de ses amis.

Annabel se tourna vers Fiona.

— Et nous avons toutes deux eu droit à certaines remarques désobligeantes, ma chère.

— Je m'en moque éperdument, rétorqua Fiona.

Annabel poursuivit :

— Chilt lui a expliqué qu'elle était libre de préférer la compagnie de Ralph Svenssen à la sienne. Il n'essaierait nullement de la retenir : ses plaintes et ses jérémiades continuelles l'exaspéraient.

A nouveau, Annabel jeta à Janine un coup d'œil contrit.

— Elle vous a critiqué aussi, Janine, bien entendu.

— Pas très originale, notre Rose... souffla Fiona en souriant.

Elle se tourna vers Janine.

— Il faut nous pardonner. Nous la détestons !

— Nous devrions avoir honte ! fit Annabel avec ironie.

— Et après, que s'est-il passé ? questionna Fiona.

Annabel haussa les épaules.

— Rose s'est alors éloignée, et je pensais qu'ils allaient venir de mon côté. Je me suis donc retirée sur la pointe des pieds. Cela avait l'air sérieux. Je croyais que Chilton se laisserait attendrir et reviendrait sur sa décision, mais non. Il est inutile d'essayer de le rendre jaloux, il a un cœur de pierre !

— Il peut être très gentil, affirma Fiona.

— En apparence, fit Annabel. Mais en réalité, il est impitoyable. S'il a décidé que Rose partirait, elle partira. Chilton a le don de manipuler les gens. Il oblige Rose à quitter le yacht, mais je crois qu'elle ne le voulait pas vraiment. Elle a lancé cela par bravade. Chilton procède toujours ainsi. Il s'arrange pour que les gens se mettent eux-même dans la position où il veut les trouver. Quand ils s'en rendent compte, il est trop tard.

Janine sentit son sang se glacer dans ses veines. Est-ce que Chilton tentait d'appliquer la même méthode avec elle ? Non, c'était impossible. Elle se ressaisit brusquement. Il ne fallait pas qu'elle se laisse gagner par des craintes imaginaires.

— Nous serons bientôt fixées, dit Fiona. Nous partons après-demain, n'est-ce pas ?

Elle interrogea Janine du regard.

— Oui, c'est cela, confirma celle-ci. Chilton m'a expliqué que vous alliez d'abord à Tonga, puis à Valoha et enfin aux Fidji...

— Quel jour vient l'hydravion ? demanda Annabel.

— Le lendemain de votre départ.

— Humm... observa Annabel, pensive. Cela peut-être intéressant. Si le but de Rose était de rendre Chilton jaloux, elle sera à bord. Sinon, si elle est amoureuse de Ralph, elle restera ici, bien que je l'imagine mal vivre dans un hangar à bateau !

— En effet, murmura Fiona. En général, Rose vise beaucoup plus haut.

Les deux femmes se mirent à rire, et Janine pinça les lèvres. L'idée d'avoir Rose à demeure dans l'île ne l'enchantait guère.

Quarante-huit heures plus tard, en disant au revoir à Chilton et à ses amis, Janine était partagée entre deux sentiments. D'un côté, le départ de Chilton la soulageait. D'un autre elle savait qu'elle allait regretter l'animation de ces derniers jours. Il n'avait pas tenté de lui faire changer d'avis, ni au sujet de l'île ni au sujet d'un éventuel mariage.

— A bientôt, dit-il en souriant, après l'avoir embrassée.

— Quand reviens-tu, Chilton ? demanda Janine.

Il la regarda avec malice.

— Lorsque tu auras décidé de me vendre Fangufangu, ou bien de devenir ma femme.

— Alors jamais ! dit-elle en riant.

— Je suis patient, Janine…

Quand le yacht blanc sortit du lagon pour gagner la haute mer, les voiles gonflées par la brise, Janine se sentit un peu triste. Elle ne pouvait s'empêcher de bien aimer Chilton, malgré son attitude présomptueuse, et elle était ravie d'avoir rencontré les Reimer et les Mac Wraith.

La petite Patricia lui manquerait, elle aussi. Durant le peu de temps qu'elle avait passé à Fangufangu, Patricia s'était fait une foule d'amis parmi les enfants et les adultes. Chacun appréciait sa gentillesse et sa spontanéité. Les femmes du village lui avaient enseigné l'art du tissage et la fabrication des paniers tressés, ainsi que des nattes en fibre de coco.

Les larmes aux yeux, Janine avait dit au revoir à l'enfant. Patricia était au moins aussi émue qu'elle.

— Je t'enverrai des cartes postales de tous les endroits où nous irons, promit-elle, et nous reviendrons l'an prochain !

Annabel et Andy avaient souri, sans la contredire. Janine était certaine qu'elle les reverrait un jour.

Lorsque le yacht ne fut plus qu'un point sur l'horizon, Janine remonta la jetée en soupirant. Une seule personne n'était pas venue prendre congé des occupants du bateau : Rose. Elle n'avait pas jugé utile de se déplacer pour voir partir le *Carousel*. Janine se demanda avec inquiétude combien de temps elle comptait rester à Fangufangu…

Ralph se dirigea alors vers Janine.

— Je voudrais te parler, fit-il froidement.

Elle se tourna vers lui. Ils n'avaient pas eu l'occasion de se voir seule à seul depuis un moment. Ils s'évitaient soigneusement depuis la soirée organisée par Chilton sur le bateau.

— Allons dans le bureau.

Ralph lui ouvrit la porte et la jeune fille alla s'installer derrière sa table de travail. Il prit place dans une chaise en osier et leva la tête vers elle.

Janine se rappela soudain le jour de son arrivée et leur entretien mouvementé dans cette pièce. Aujourd'hui ses jambes tremblaient de la même façon. Heureusement, elle était assise !

Sans préambule, Ralph déclara :

— Je prends l'avion demain.

Janine tressaillit.

— Combien de temps seras-tu absent ? demanda-t-elle.

C'était la période la plus chargée de l'année. Ralph ne s'éloignait jamais à cette époque-là. D'ailleurs, il quittait rarement l'île. Janine n'eut pas le temps de s'interroger sur les raisons de ce voyage inopiné.

— Je ne reviendrai plus, annonça le jeune homme.

Elle eut l'impression de recevoir une gifle.

— Tu veux dire que... tu m'abandonnes ? souffla-t-elle, incrédule.

— Oui. Je crois que je suis resté suffisamment longtemps à Fangufangu.

Il paraissait nerveux. Les veines de son cou et de ses tempes saillaient de façon inhabituelle. Janine tenta en vain de déchiffrer son visage impénétrable. Le gouffre qui les séparait était plus profond que jamais.

— Où vas-tu ? parvint-elle à articuler, accablée.

Elle commençait à entrevoir les conséquences du départ de Ralph.

Il haussa les épaules.

— Je vais sans doute changer de métier et tenter tout autre chose en Australie, en Nouvelle-Zélande, ou aux Etats-Unis. Peut-être même retournerai-je dans ma famille.

Il sourit avec amertume et ajouta :

— J'ai payé Felipe pour qu'il prenne la suite en attendant que je trouve quelqu'un d'autre. J'ai une ou deux personnes en vue... Cela ne sera pas long.

Essayant tant bien que mal de cacher son affolement, Janine demanda encore :

— Tu comptes vendre les bateaux ?

Il sembla déconcerté.

— Mais... Chilton ne t'a rien dit ?

Elle eut soudain la gorge sèche.

— Non.

Il haussa les sourcils.

— Je ne comprends pas pourquoi il ne t'en a pas parlé ! J'ai accepté de les lui céder. J'ai pensé que cela te ferait plaisir.

Janine, abasourdie, en eut le souffle coupé.

Sortant un papier de sa poche de chemise, il ajouta :

— Au cas où tu ne me croirais pas, voici le double du contrat.

La jeune fille explosa :

— Tu aurais au moins pu me les proposer d'abord !

— Pourquoi ? Quelle différence ? D'après Chilton...

Elle éclata :

— D'après Chilton ! Quoi, d'après Chilton ?

Ralph se leva et lui fit face.

— Je ne vois pas l'utilité de prolonger cette conversation, Janine. Ce que toi et Chilton Kendrick pouvez faire ne regarde que vous, et je ne veux surtout pas m'en mêler. Si tu as choisi de détruire Fangufangu et de ruiner le rêve de ton père, je ne peux pas t'en empêcher. Mais laisse-moi te dire que depuis le début, je craignais que cela se termine ainsi. Ton père a commis une grave erreur en te confiant l'île. Il ne se doutait pas de ce dont tu étais capable. J'espère seulement que quand il découvrira ce qui est arrivé, cela ne l'achèvera pas, lui aussi !

Avant que Janine ait pu réagir, il avait tourné les talons et quitté la pièce.

— Ralph...

Elle le rappela, mais il était déjà parti. Elle contourna le bureau pour tenter de le rattraper, mais elle se trouva nez à nez avec un des invités, qui la cherchait. Janine s'obligea à sourire. La silhouette de Ralph avait disparu.

Lorsqu'elle en eut terminé avec son visiteur, Janine reprit place à son bureau, complètement désespérée. Ralph s'en allait, c'était une catastrophe. Mais ce qui l'anéantissait plus que tout restait le motif du départ. De toute évidence, Ralph quittait l'île parce qu'il imaginait que Chilton et elle avaient d'un commun accord échafaudé des plans pour transformer Fangufangu ! Et elle qui avait soupçonné Ralph d'avoir la même intention ! Tout à coup, elle se rendit compte combien elle s'était trompée à son sujet...

Il fallait absolument qu'elle l'empêche de partir. Chilton avait sûrement convaincu Ralph qu'il allait épouser Janine, et qu'elle n'émettait aucune objection à ses projets. Désormais, Chilton était en position de force : grâce à la flottille de pêche, il allait pouvoir exercer un chantage sur elle.

Janine avait besoin des bateaux et ne pouvait se permettre d'en acheter de nouveaux. Chilton s'attendait donc à ce qu'elle cède à un moment ou à un autre. Si elle voulait garder l'île, elle devait accepter de se marier avec lui. Sinon, elle se trouvait fatalement dans l'obligation de vendre ! Chilton l'avait bien prévenue, en partant : « Je suis patient, Janine. »

Elle frémit de rage. Une seule solution s'imposait : aller trouver Ralph, lui démontrer qu'il se trompait, et le supplier de ne pas partir. Si jamais elle échouait... Elle préféra ne pas y penser.

Il était tard lorsque Janine put enfin se libérer. Elle

marcha le long de la plage, le cœur battant. La lumière brillait au-dessus du hangar à bateaux.

Janine s'arrêta en bas des marches, retenant sa respiration, tâchant de se remémorer les phrases qu'elle avait longuement préparées. Elle glissa un regard vers l'intérieur. Quelqu'un était assis sur le canapé. C'était Rose. Janine serra la rampe de l'escalier de toutes ses forces.

— Oh, mon Dieu... murmura-t-elle.

Alors qu'elle demeurait là, interdite, Ralph apparut dans la pièce, apportant deux verres. Il les posa sur la table, puis se pencha pour allumer la cigarette de Rose. Janine les observait, fascinée.

Ralph reprit les deux boissons, en tendit une à Rose et garda l'autre. Son corps fit écran pendant un instant, et Janine entendit trinquer. Des éclats de rire étouffés lui parvinrent. Ralph reposa son verre. Rose le couvait littéralement des yeux. Puis il se dirigea vers la fenêtre. Sa longue silhouette se découpa un moment dans l'embrasure. D'un mouvement sec, il tira les rideaux, plongeant d'un coup la pièce dans la pénombre.

Janine laissa échapper un sanglot et s'enfuit en courant dans le sable blanc.

8

Pourquoi donc Janine était-elle si choquée de trouver Rose chez Ralph ? Ce n'était sans doute pas la première fois qu'elle lui rendait ainsi visite. Non. Ce qui la bouleversait, c'était cette vague de jalousie que Rose avait fait brusquement surgir en elle. Janine savait à présent que ce n'était pas uniquement pour déjouer les plans de Chilton Kendrick qu'elle voulait que Ralph demeure à Fangufangu.

Le lendemain matin, elle n'osa pas lui parler. En un sens, elle préférait avoir vu Rose la nuit dernière. Cela lui avait peut-être évité une nouvelle humiliation. Le refus de Ralph de rester dans l'île ne suffisait-il pas ? Elle comprenait maintenant pourquoi il avait dit qu'il cesserait de s'occuper de bateaux... Apparemment, Rose était très persuasive, et Ralph très épris.

Après les petits déjeuners, Janine se rendit dans son bureau afin de préparer le courrier pour l'hydravion. Elle travaillait sans enthousiasme. Le futur lui paraissait trop morne. Chilton Kendrick était à présent propriétaire des bateaux, ou le serait sous peu, et elle ne pouvait absolument rien y changer. A moins que... Janine serra les dents. Elle trouverait bien un moyen. Il le fallait, ne serait-ce que pour son père. Il se montrerait tellement déçu si elle échouait. La phrase de Ralph lui revint à l'esprit : « J'espère que cela ne l'achèvera pas, lui aussi. »

Elle frappa du poing sur le bureau et s'écria à haute voix :

— Je ne m'avoue pas battue !

Elle était en train de dresser une liste de marchandises que livrerait le prochain bateau, quand, tout à coup, la porte s'ouvrit et Rose entra sans avoir frappé.

— Bonjour, Rose, dit Janine poliment.

Elle leva les yeux, mais se sentait incapable d'affronter son regard.

— Que puis-je pour vous ? reprit-elle.

Rose passa la main dans ses magnifiques cheveux roux.

— Bonjour, fit-elle, presque à regret, comme si cette marque de politesse l'irritait. Je suis simplement venue vous dire que je prends l'avion aujourd'hui. J'espère qu'il y aura de la place...

Janine accusa le coup, mais répondit néanmoins d'un ton égal :

— Oui, certainement.

Ce n'était pas une coïncidence si Ralph partait également. Janine détailla la longue silhouette de Rose, ses vêtements bien coupés, son allure sophistiquée. Elle assumait avec naturel cette image que Janine avait tenté d'acquérir, et dont Ralph s'était moqué. Quelles affinités pouvaient-ils bien avoir ? Ils étaient si différents... Peut-être Rose ne ressemblait-elle pas au portrait qu'on brossait d'elle, après tout...

Rose regarda Janine d'un air quelque peu dédaigneux.

— Vous savez que Ralph vous quitte aujourd'hui, lui aussi ?

— Oui, je suis au courant.

Rose paraissait inviter Janine à en tirer les conclusions qui s'imposaient. Elle sourit.

— Il m'a demandé de vous rendre ceci.

Elle jeta sur la table les deux peignes en écailles de tortue que Ralph s'était appropriés lors de la fête de bienvenue. Janine les avait complètement oubliés. Ils réveillaient de bien mauvais souvenirs.

— Merci.

Le regard compatissant de Rose, comme si cette dernière connaissait les sentiments de Janine et considérait que la restitution de ces deux objets indiquait clairement l'abandon définitif de Ralph, excéda la jeune fille.

— Je vous souhaite bonne chance, avec Chilton, dit encore Rose. Vous en aurez besoin. Quand il a obtenu ce qu'il veut, il délaisse ses victimes ! Enfin, c'est la vie...

Elle avait conquis Ralph, mais pensait néanmoins toujours à Chilton avec amertume !

Janine répondit négligemment :

— Merci de me prévenir.

— Chilton n'est pas fait pour le mariage, insista Rose.

— Ah bon ?

— Il ne tient jamais ses promesses, autant que vous le sachiez.

Janine sourit.

— Pour qu'il m'épouse, il faudrait d'abord que je sois consentante !

Rose parut décontenancée.

— Et... Vous ne l'êtes pas ?

— Non. Si cela peut vous consoler, Rose, il pourra me le demander des millions de fois, jamais je ne dirai oui. Je n'y peux rien, je ne suis pas amoureuse de lui.

Rose posa les mains sur le devant du bureau et observa Janine d'un air sceptique.

— Je sais. Mais je croyais que c'était son argent qui vous intéressait.

— Son argent ?

Rose s'anima.

— Oh, je vous en prie... Transformer cette île en endroit à la mode pour les touristes, nécessite beaucoup de capitaux. Et comme Chilton...

Janine lui coupa la parole et s'écria :

— Je suis incapable d'épouser quelqu'un pour son argent !

— Alors, comment espérez-vous mener vos projets à bien ? Les prêteurs sont rares.

Janine ne comprenait plus très bien.

— Mes projets ! Quels projets ?

Rose fit la moue.

— Dites-moi si je me trompe, mais Chilton est convaincu que vous voulez, avec son aide, transformer Fangufangu en un endroit moderne et réputé pour les riches touristes.

Janine soupira.

— Je commence à en avoir assez de le répéter : cette île restera telle qu'elle a toujours été. Je n'ai jamais eu et n'aurai jamais l'intention d'y changer quoi que ce soit !

Rose ôta ses mains du bureau et les écarta en signe d'incrédulité. Puis elle fixa Janine droit dans les yeux.

— Mais alors, Chilton plaisantait quand il parlait de vous épouser ?...

— J'en ai bien peur, oui.

Rose se mordit la lèvre, et reprit :

— Si rien de tout cela n'est vrai, pourquoi Ralph s'en va-t-il ?

— Je comptais sur vous pour me l'apprendre.

Rose ouvrit la bouche comme pour dire quelque chose, mais elle se contenta de sourire. Puis elle changea brusquement de sujet et demanda à quelle heure elle devait se tenir prête à embarquer.

Janine avait hâte de voir se terminer cette journée éprouvante. L'hydravion arriva comme d'habitude, et Felipe se chargea du transport des nouveaux arrivants, ainsi que du déchargement des marchandises.

Derrière le sourire de convenance un peu figé que Janine esquissait, se cachait un cœur lourd. Elle bavardait avec un couple et le priait de revenir aux prochaines vacances, quand elle vit Rose et Ralph monter à bord. Franck Winterman et sa femme Joan embrassèrent Janine puis lui glissèrent quelques paroles d'encouragement. Mais il n'y eut pas de baiser ni de mot doux venant de Ralph. Juste un regard glacé. Pas même un signe de la main.

Le voilà parti, souffla Janine en voyant l'hydravion décoller dans une gerbe d'écume. C'est avec tristesse qu'elle remonta le long de la jetée. Heureusement, elle n'avait pas trop le temps de s'étendre sur ses propres problèmes. Il fallait qu'elle s'occupe des nouveaux invités, qu'elle voie Felipe au sujet des bateaux. Mille et une petites tâches l'attendaient. La journée en perspective était encore très chargée.

Il faisait presque nuit quand Janine acheva de trier le courrier arrivé. Elle regagna son bungalow, soulagée que Rose ne soit plus là.

— Oh, papa, murmura-t-elle en se déshabillant. Je voudrais tant que tu sois près de moi en ce moment.

Elle s'assit sur son lit et ouvrit les lettres qui lui étaient adressées. Il y en avait une de chacun de ses parents. Elle les décacheta rapidement toutes les deux et commença par celle de son père. Elle lut la première ligne et sursauta.

« ... Ralph m'assure que tu te débrouilles très bien... »

Ralph avait donc écrit à son père, et pour lui dire cela ! Elle était surprise. Mais peut-être cherchait-il simplement à le rassurer...

Elle continua à lire.

« ... Travaille bien, Jannie. Je suis sûr que tu réussiras et si tout va bien, nous te rendrons visite plus tôt que prévu. Je vais secouer un peu mes médecins. Je me sens parfaitement bien, à présent. Ils ne cessent de me répéter que j'ai une constitution robuste, et me dorlotent comme si j'étais un nouveau-né. Bien entendu, je dois me ménager, mais puisque tu es maintenant à la barre, je vais pouvoir couler des jours tranquilles, à bavarder sous la véranda. Ma chérie, tu ne peux pas savoir combien tout cela me manque... Mais si, n'est-ce pas ? Je suis sûr que tu t'en doutes. »

Les larmes lui vinrent. Elle prit la lettre de sa mère. Cette dernière était plus réservée, mais pleine d'espoir également. Son père supportait admirablement le stimulateur cardiaque, et son état s'améliorait de jour en jour. Sa santé était excellente et tous deux pensaient pouvoir revenir à Fangufangu dans les prochains mois. Et pas seulement pour les vacances, comme Janine l'avait cru, mais à titre définitif.

« ... Si tu assumes toutes les responsabilités, disait sa mère, il n'y a pas de problèmes. Je pense, et les docteurs sont d'accord avec moi, que l'éloignement causerait à ton père plus de mal que de bien. Il languit déjà, et bien que l'île soit à l'écart de toute assistance médicale, nous préférons prendre le risque. De toute manière, il vivra certainement plus vieux à Fangufangu que s'il reste ici à dépérir. Je ne te remercierai jamais assez, Janine, d'avoir pris les commandes de « notre île ».

Janine lut et relut les deux missives. Ses parents revenaient ! Cela lui enlevait un poids des épaules. Mais voilà, avec leur retour, il devenait plus important que jamais d'être à la hauteur et de ne pas les décevoir. Ce serait vraiment catastrophique. Il fallait absolument qu'elle règle ce problème de bateaux le plus rapidement possible. Son père ne devait plus connaître d'ennuis de ce genre, cela gâcherait tout et risquerait de ruiner sa santé.

Le lendemain, Janine fit la connaissance de ses nouveaux invités. Il y avait un jeune couple d'Australiens en lune de miel, un couple de retraités, qui voyageaient au gré de leur fantaisie, ainsi qu'un Américain très distingué avec sa femme, d'une élégance rare elle aussi. Tous ces gens avaient l'air sympathiques, et Janine pensa qu'elle passerait quinze jours sans histoires. Dieu merci, Rose était loin.

Après la cérémonie de bienvenue, Janine eut le loisir de bavarder avec le couple d'Américains, M. et Mme Louis D. Hartmann. Ceux-ci l'invitèrent à prendre un verre alors qu'elle revenait de la plage. Ils étaient de New York et avaient choisi le Pacifique Sud à cause du calme et de la tranquillité. M. Hartmann se remettait d'un infarctus et sa femme lui avait suggéré d'aller se reposer à Fangufangu.

— J'avais toujours désiré aller à Tahiti, dit-elle à Janine. Et c'est à Papeete que nous avons entendu parler de Fangufangu. Alors nous sommes venus. Quelques semaines ici achèveront de rétablir mon mari.

Elle regarda autour d'elle :

— Quel calme. Et c'est si beau...

— Je n'arrive pas à croire que vous soyez seule à diriger tout cela, fit Louis Hartmann, mi-incrédule, mi-impressionné.

— Si, pourtant, murmura Janine avec modestie.

— Vous avez l'air de vous acquitter de cette tâche avec bonheur.

— Oh, vous savez, il y a des hauts et des bas. J'ai parfois de gros problèmes pour arriver à maintenir une certaine harmonie.

M. et Mme Hartmann se mirent à rire.

— Oui, je m'en doute, fit Louis Hartmann. Mais je croyais que Fangufangu appartenait à Robert Roberts. Je suppose que vous êtes sa fille ?

Janine leur expliqua la maladie de son père. Louis Hartmann souffrait sensiblement du même mal. Le couple s'efforça de la rassurer sur l'évolution de cette affection cardiaque. Ils discutèrent longuement. Elle leur fit part des difficultés auxquelles elle se heurtait.

Mais elle se garda de mentionner qu'elle redoutait de devoir céder l'île à Chilton.

— Votre père a pris une sage décision de vous confier la succession, dit sérieusement Ella Hartmann. Je conseille toujours à Louis de laisser les enfants assurer la relève, mais il ne veut rien entendre. Il n'a pas envie d'arrêter de travailler. Peut-être son infarctus lui servira-t-il de leçon...

Elle regarda gentiment son mari, sans grand espoir de le voir changer d'avis. Louis Hartmann n'aimait pas qu'on parle de lui. Il changea de sujet de conversation.

— Le poisson doit pulluler dans ces eaux-là. Les gens que nous avons rencontrés à Papeete nous ont confié que vous aviez un marin de première classe, ici. Et quand Ella a appris qu'il était possible de pratiquer la plongée sous-marine...

Ella Hartmann sourit.

— Un de mes nombreux rêves...

Janine fut surprise que cette femme élégante et bien mise s'intéresse à ce sport réputé difficile. Elle l'imaginait plutôt avec un grand chapeau de paille, se prélassant au soleil pendant toute la durée des vacances.

Ella Hartmann s'expliqua :

— Croyez-moi si vous voulez, mais étant jeune, j'étais championne de natation. Championne de plongeons, également, mais je n'ai jamais concrétisé ma grande ambition : explorer les fonds marins.

Elle se tourna vers son mari.

— J'ai tout abandonné lorsque je me suis mariée. Louis adore la pêche, mais moi je préfère voir les poissons dans leur milieu naturel. Le mur de corail doit être fascinant, vu du dessous !

— Ella n'a pas de problème cardiaque, fit Louis. Pour ma part, j'aime mieux être à la surface !

Janine intervint :

— Les coraux, autour de l'île, sont magnifiques. Nous avons un bateau à fond transparent si vous ne désirez pas plonger. Mais si vous voulez descendre, Felipe ou moi-même vous accompagnerons.

Elle devait bien leur avouer que Ralph était parti. Ils s'en apercevraient tôt ou tard, de toute façon.

— J'ai bien peur que l'excellent marin auquel vous faisiez allusion tout à l'heure ne soit plus là. Il a pris l'avion qui vous a amenés.

L'expression de son visage reflétait sans doute ses sentiments, car Ella demanda :

— Il vous a laissé tomber ?...

— En quelque sorte, mais ne vous inquiétez pas, cela ne pertubera aucunement vos éventuels projets de promenade en mer ou de plongée sous-marine. Felipe est très expérimenté et je suis moi-même une bonne assistante !

— Mais cela ne doit pas entrer dans vos attributions ! s'exclama Ella Hartmann.

Janine haussa les épaules.

— Oh, une fois que les nouveaux arrivants sont installés, l'île se gouverne pratiquement toute seule. L'hydravion ne vient que tous les quinze jours.

Janine eut de la chance dans son malheur : peu d'invités manifestèrent le désir de plonger, de pêcher ou d'aller se promener au large. Felipe ne rencontrait donc aucune difficulté, et elle-même put trouver le temps de faire une sortie en mer avec Ella Hartmann.

Les Hartmann, en définitive, n'étaient pas si austères qu'ils le paraissaient. Janine et Ella s'appelaient déjà par leurs prénoms. Ella Hartmann se souciait fort peu des apparences et portait la plupart du temps une simple robe de coton sans ceinture. Sa décontraction et sa simplicité plurent très vite à Janine.

Elles plongèrent ensemble. Janine s'efforça d'oublier ses ennuis, ne serait-ce qu'un moment. Tant de beauté s'étalait sous ses yeux ! Les merveilleuses couleurs du corail, les bancs de poissons, les rayons du soleil qui zébraient la surface de l'eau...

La jeune fille était heureuse. Elle n'avait pas pratiqué ce sport depuis si longtemps !

Ella Hartmann se montrait ravie. Elle filmait les fonds marins avec une caméra spécialement équipée à cet effet. Chaque fois qu'elle remontait pour se reposer dans le bateau en compagnie de Felipe ou de l'un de ses aides, elle souriait de contentement. De retour à Blue Haven, elle n'en finissait pas de raconter ses aventures à son mari.

Malgré ses cinquante ans, Ella Hartmann était une excellente nageuse et manipulait le matériel de plongée avec une rare aisance. De son côté, grâce à ses parties de pêche quotidiennes, Louis Hartmann acquérait une mine superbe et fournissait Blue Haven en poisson frais. Mais Janine ne pouvait toujours pas chasser de son esprit l'image de Chilton. Elle savait qu'elle aurait de ses nouvelles sous peu, ou bien qu'elle verrait apparaître son yacht dans le lagon. Et puis, au prochain avion, le remplaçant de Ralph arriverait... Il fallait absolument qu'elle trouve une solution avant qu'il ne soit trop tard. Il y avait bien un moyen : réunir assez d'argent pour acheter d'autres bateaux. Mais pour cela, elle devait quitter l'île, se rendre à Suva pour faire la tournée des banques, et, si elle échouait, aller tenter sa chance à Auckland ou à Sydney.

En premier lieu, elle décida d'écrire quelques lettres aux principaux banquiers, mais elle craignait vivement qu'ils ne cherchent à se mettre en rapport avec son père sans lui en parler. Janine, très déprimée par cette situation, se confia un soir à Ella. Celle-ci, en quelques jours, était devenue une véritable amie.

Ella Hartmann écouta la jeune fille avec attention. Dès qu'elle eut terminé, Janine regretta aussitôt ses confidences.

— Je suis désolée, Ella. Je vous ennuie avec mes histoires.

Elle soupira.

— Mais il fallait que j'en discute avec quelqu'un. Et vous êtes si compréhensive...

Ella secoua la tête.

— Vous ne devriez pas garder tout cela pour vous. Ce n'est pas ainsi que vous trouverez une solution. Je suis sûre que si vos parents étaient présents, vous leur auriez demandé conseil.

— C'est vrai, admit Janine. Mais je ne veux pas les perturber, surtout papa, qui commence à aller mieux. Il faut que je m'en sorte toute seule.

Ella lui adressa un sourire rassurant.

— Vous y arriverez. Vous verrez...

Janine aurait bien voulu être aussi optimiste qu'Ella Hartmann. Après cet entretien, elle se sentit néanmoins un peu plus détendue. Si elle avait su que la confiance d'Ella Hartmann ne reposait pas seulement sur l'espoir, elle se serait sûrement endormie plus facilement, cette nuit-là.

Le lendemain matin, Janine était au bureau lorsqu'on frappa à la porte. Elle fronça les sourcils. Ne pourrait-elle donc jamais travailler en paix ?

— Entrez !

Les Hartmann pénétrèrent dans la pièce. A leurs visages graves, Janine s'alarma. Ils ne venaient certainement pas se plaindre. C'étaient des invités modèles !

— Bonjour, fit Janine.

Elle ajouta, un peu inquiète :

— Est-ce que tout va bien ?

— Bonjour, Janine, dit Ella Hartmann. Tout va très bien, merci, mais si vous avez un moment, Louis aimerait vous parler.

Janine acquiesça, intriguée.

— Asseyez-vous, je vous en prie.

L'un et l'autre approchèrent les fauteuils d'osier du

bureau, et Louis Hartmann alluma un cigare. Janine lui tendit un cendrier en coquillage.

— Eh bien, Janine, se décida-t-il enfin, ma femme m'a raconté que vous vous êtiez mise dans une drôle de situation !

Janine regretta à nouveau de s'être confiée à Ella.

— Je suis confuse, je ne voulais pas vous importuner...

— Pas du tout, fit-il. Il se trouve que je connais votre Chilton Kendrick. Qui n'a pas entendu parler de lui aux Etats-Unis ? Je l'ai rencontré à plusieurs reprises. C'est un garçon charmant, qui passe pour être un excellent homme d'affaires, même s'il a souvent tendance à se montrer impitoyable.

Il rit et secoua la cendre de son Havane.

— Je suis heureux que le beau Chilton ne vous ait pas troublée outre mesure avec ses manières et son portefeuille bien garni. Voyez-vous, Janine, il y a longtemps que je ne m'étais pas senti aussi bien que ces derniers jours. Notre séjour est merveilleux et nous en prévoyons déjà d'autres, beaucoup d'autres. Seulement, nous voudrions être sûrs de retrouver le même endroit, intact. C'est un site fantastique, et il serait dommage de le laisser dévaster par Chilton Kendrick.

Janine se demandait sur quoi tout cela allait déboucher.

Ella sourit et dit à son mari :

— Viens-en au fait, Louis.

— J'y arrive. Janine, s'il vous faut des capitaux, je crois pouvoir vous aider. Nous ne sommes pas aussi prospères que Kendrick, loin s'en faut, mais je pense réunir assez de fonds pour acheter un bateau ou deux. Cela vous permettrait de continuer.

Janine resta stupéfaite. Elle savait l'offre de Louis Hartmann désintéressée et en éprouva aussitôt une infinie reconnaissance. Hélas les choses n'étaient pas aussi simples.

— Vous êtes vraiment trop gentil, Louis, mais c'est le remboursement du prêt, qui m'inquiète. Il me faudra des années.

— Je suppose que votre marge bénéficiaire est très réduite, n'est-ce pas ?

Elle acquiesça.

— Nos frais généraux sont énormes. Nous produisons notre propre énergie et importons des marchandises de toute sorte. Le transport coûte très cher. Par ailleurs, les nouveaux bungalows ne sont pas encore complètement payés. Mon père y avait investi ses derniers deniers. Et puis il y a eu le voyage en Australie, les dépenses médicales...

Louis parut réfléchir.

— Bon. Oublions cette histoire d'emprunt. J'achète moi-même les barques, et si vous trouvez quelqu'un pour s'en occuper, je m'arrangerai avec lui pour prélever un pourcentage. Ainsi, vous n'aurez rien à y voir.

Janine prit un air sceptique.

— Ralph ne devait pas amasser une fortune, je le crains...

Louis haussa les épaules.

— Tant mieux ! J'ai besoin de perdre un peu d'argent à cause du fisc !

Janine n'arrivait pas à réfléchir. Sans aucun doute, c'était la solution de son problème.

— Je ne sais vraiment pas quoi dire, commença-t-elle.

— Vous n'avez rien à dire, sauf oui, répliqua Ella. Et si nous arrosions cela tout de suite ?

Janine les suivit au bar, en les remerciant de tout son cœur.

Elle ne passa pas pour autant une bonne nuit. Si Chilton Kendrick avait disparu de ses rêves, Ralph, en revanche, les hantait toujours. Si seulement ce dernier avait voulu admettre qu'il se trompait, tous deux seraient parvenus à s'entendre, à observer une trêve... Mais non, qu'elle était sotte ! Elle négligeait le fait que Ralph avait quitté l'île avec Rose...

Ralph venait la perturber durant son sommeil, mais elle arrivait à l'oublier dans la journée. Le lendemain cependant, Lavinia raviva sa plaie en déclarant à Janine :

— Ce Ralph Svenssen, il m'a déçue. Je croyais qu'il était très attaché à Fangufangu, et il s'en va avec cette femme...

— Je pense qu'il aimait vraiment Fangufangu, dit calmement Janine. Mais il doit aimer Rose plus encore.

— Humm... fit Lavinia, elle a dû l'ensorceler. Il était amoureux de quelqu'un d'autre, ici même !

La jeune fille l'observa avec gentillesse.

— Kuini ?

Le regard de Lavinia marqua l'étonnement.

— Ma Kuini ?

Elle se mit à rire.

— Vous plaisantez, Janine. Kuini est la fiancée de Felipe et l'a toujours été. Oh, elle joue bien un peu avec lui. Il lui dit que si elle l'aime, elle doit se marier avec lui. Et elle répond : si tu attends un peu, tu ne m'aimerais que davantage !

Elle émit une sorte de gloussement.

— Ah, l'amour... Ce n'était pas ainsi, de mon temps.

A nouveau, elle fixa Janine.

— Non, Ralph n'était pas amoureux de Kuini. C'est vous qu'il aimait, et vous le saviez !

Le cœur de Janine bondit.

— Non, Lavinia, c'est faux. Il n'y a jamais rien eu entre Ralph et moi.

— Eh bien c'est dommage ! Les hommes sont si fiers, parfois. Il ne supportait pas que vous soyez la patronne. Et puis, il n'osait peut-être pas vous déclarer son cœur.

Janine trouva une excuse pour quitter la cuisine. Elle ne voulait pas entendre parler de Ralph.

Plus tard, elle se rendit au hangar à bateaux. Le ciel était couvert et le vent se levait, emmêlant ses cheveux et faisant tanguer les embarcations dans le lagon. La surface de l'eau frémissait davantage qu'à l'accoutumée, et de petites crêtes blanches décoraient les vagues. Janine entra dans l'appartement que Ralph avait occupé. Toutes ses affaires étaient dans une caisse. Elles partiraient au prochain bateau. Janine s'aperçut tout à coup qu'il avait oublié son baromètre, fixé à une poutre en bois, au milieu de la pièce. Elle se haussa sur la pointe des pieds pour le décrocher. Quand elle l'eut en main, elle y jeta un bref regard. L'aiguille baissait à vue d'œil ! Felipe, qu'elle avait aperçu tout à l'heure occupé à réparer l'un des bateaux, survint à cet instant :

— Je crois bien qu'une tempête se prépare.

— Oui, j'en ai l'impression.

Elle lui tendit le baromètre.

— Tiens, Felipe. Tu le mettras dans la caisse avec le reste, s'il te plaît. Cela appartient à Ralph.

Le temps était toujours maussade le lendemain, quand Janine sortit pour accueillir l'hydravion. Le canot remuait sur les vagues. Elle et Felipe avaient du mal à le maintenir stable, pour que les passagers de l'avion puissent débarquer aisément.

La porte de l'appareil s'ouvrit enfin, et Janine faillit tomber à la renverse.

— Ralph ! s'écria-t-elle. Que fais-tu ici ?

Elle regarda à l'intérieur : il n'y avait pas d'autres passagers.

— Où sont les autres ? Vous deviez être cinq.

Ralph avait le visage plus grave que d'habitude.

— Nous les avons laissés à Suva, fit-il. Tu n'as pas écouté la radio ?

— Non, je n'ai pas eu le temps, ce matin. Pourquoi ?

— Un cyclone s'est reformé et arrive droit sur Fangufangu, d'après les météorologistes. Il a tourné brusquement, et, à moins qu'il ne vire à nouveau, il va passer ici. Les gens qui veulent quitter l'île feraient bien de se dépêcher. Rick ne peut pas attendre longtemps. Une heure au plus.

Janine était consternée. Un ouragan sur Fangufangu ! Elle sentit son estomac se nouer, et regarda le ciel avec appréhension. Le vent, soudain, lui parut de mauvais augure.

— Tu devrais dire à tous tes invités de se tenir prêts à partir, commanda Ralph d'un ton autoritaire. Et je te conseille de t'en aller avec eux. Je vais rester ici pour m'occuper de tout.

Janine sentit la colère l'envahir.

— Tu me crois donc incapable d'aviser ?

Il lui jeta un regard impatient.

— Ne discute pas ! Prends ce dont tu as besoin, et en route. Ce genre de catastrophe n'a rien de drôle.

— Ce n'est pas à toi de me dire ce que j'ai à faire !

Comment osait-il lui donner des ordres ?

Il sembla hésiter un instant, puis déclara.

— Bon. Comme tu veux. Nous n'avons pas de temps à perdre. Je vais prévenir les gens.

Alors qu'il s'élançait, elle lui barra le chemin.

— Tu ne feras rien du tout. C'est moi qui annoncerai la nouvelle !

— Oh, Janine, ne sois pas têtue. Tu as besoin d'aide, que tu le veuilles ou non.

La jeune fille serra les dents.

— Merci beaucoup, Ralph Svenssen, mais je m'arrangerai très bien sans toi. Je suppose que tu me croyais incapable de veiller sur tes bateaux, et c'est pour cela que tu es revenu. Eh bien occupe-toi de tes affaires, et je me charge des miennes !

Elle tourna les talons, le laissant seul sur la jetée.

Arrivée sous la véranda, elle se retourna pour

observer ce qu'il faisait. Elle le vit se diriger vers le hangar à bateaux, les cheveux ébouriffés, la face au vent de plus en plus violent.

Janine ressentit un grand vide intérieur. Elle n'aurait pas dû se montrer si fière et coléreuse avec lui. Elle avait eu tort de refuser son aide.

9

La force du vent redoublait. Janine avait peur. C'était la première fois qu'elle allait assister à un cyclone, mais elle savait combien cela pouvait être dévastateur. Quelques années auparavant, un typhon avait ravagé les îles Tongan, ne laissant pas une maison ni un seul arbre debout.

L'important était de garder son calme. Si Janine s'affolait, tout le monde l'imiterait, et il fallait à tout prix l'éviter. Elle avait affirmé à Ralph qu'elle se débrouillerait sans son aide ; elle devait à présent le prouver. Son premier travail fut de trouver les invités et de s'assurer que tous seraient à bord de l'avion le plus rapidement possible. Le pilote avait dit : « Pas plus d'une heure. » Certains hôtes étaient déjà prêts, puisque leurs vacances s'achevaient. Seuls les Hartmann refusèrent de bouger.

— Nous savons ce que c'est qu'un ouragan, dit calmement Ella. Nous avons habité longtemps sur la côte de Floride. Nous pourrions vous être utiles.

Janine n'avait pas le temps de les contredire. Quarante minutes plus tard, tous les autres invités se trouvaient dans l'avion avec leurs bagages. Le décollage eut lieu quelques instants après, dans une magnifique gerbe d'écume. Janine agita le bras en signe d'au revoir. Le sel mêlé au vent lui cinglait le visage. Le temps n'avait pas encore changé, mais cela pouvait survenir d'une minute à l'autre.

Elle était très reconnaissante aux Hartmann d'être restés. Sur leurs conseils, elle réunit la totalité du personnel afin de leur donner des instructions. Chacun lui obéit à la lettre, et tout ce qui était transportable fut mis en sécurité. Janine se sentit quelque peu soulagée de constater que tous s'exécutaient si facilement. Elle avoua à Ella :

— J'avais peur que, étant donné la gravité de la situation, ils ne m'écoutent pas et demandent à voir Ralph.

— Ralph ? questionna Ella. Est-ce le beau jeune homme qui était dans l'avion tout à l'heure ?

— Oui.

— Ah c'est donc lui ! Pourquoi est-il revenu ?

— Il craignait que je ne sache pas m'occuper de ses bateaux. Ils lui appartiennent toujours, tant que Chilton ne l'a pas payé.

Ella regarda Janine bizarrement.

— Est-ce l'unique motif de son retour ?

— Peut-être aussi vient-il jouer les héros. Il voulait que je quitte l'île, moi aussi ! Il reste persuadé que je suis incapable de faire face à une situation de ce genre.

Elle esquissa une moue et ajouta :

— Je dois avouer que celle-ci n'est pas banale !

— Mais vous vous montrez parfaitement à la hauteur, dit Louis Hartmann en lui mettant la main sur l'épaule.

— Ne vous tracassez pas. Il est possible que rien ne se passe. Ces cyclones sont très capricieux.

Il sourit.

— C'est d'ailleurs pour cela qu'ils portent des prénoms féminins !

— Certains ont aussi des noms masculins, protesta Janine en riant.

Ella fit mine de réprimander son mari :

— Louis, il y a longtemps qu'on s'est aperçu que les hommes pouvaient également être des girouettes !

Ils éclatèrent de rire et la tension tomba un instant.

Durant les heures qui suivirent, chacun se dépensa sans compter afin de protéger Blue Haven de l'ouragan. Pour une fois, personne ne chantonnait en travaillant.

A plusieurs reprises, Janine essaya de capter les bulletins météoroliques, sans succès. Le brouillage était trop important et l'émission tout à fait inaudible. Cependant, en milieu d'après-midi, elle parvint à avoir Suva dans de bonnes conditions. Ce qu'elle entendit n'était guère encourageant. Si le cyclone maintenait sa vitesse et sa direction, il serait sur Fangufangu dans la soirée ou aux premières heures de la matinée.

Janine pria chacun de venir se réfugier dans le bâtiment principal, construit en béton armé, en vue d'y passer la nuit. Il n'y avait rien d'autre à faire qu'à attendre. Felipe vint informer que Ralph avait mis les bateaux en sécurité, et qu'il restait sur place.

Comme tout le monde était bien trop préoccupé pour songer au déjeuner, Janine confia le soin à Lavinia et aux jeunes filles de préparer des sandwichs. Ella passa un tablier et leur donna un coup de main.

— Aurons-nous assez de pain ? demanda-t-elle en entrant dans la cuisine.

Janine hocha la tête.

— Lavinia a cuit une fournée hier, et comme nous ne sommes plus très nombreux, maintenant, cela devrait aller.

Les villageois commençaient à arriver et à installer leurs nattes et leurs paniers de nourriture. Viliamu avait ordre de vérifier que personne ne manquait. L'immeuble était l'abri le plus sûr de l'île.

Tandis qu'elle distribuait les sandwiches, Janine ne pouvait s'empêcher de penser à Ralph. Elle avait honte de la façon dont elle l'avait rabroué. Puis elle songea qu'il n'avait rien mangé depuis le matin. Aussi envoya-t-elle Felipe au hangar à bateaux, avec un panier-repas et une bouteille Thermos pleine de café.

— Conseille-lui de venir ici pour passer la nuit, dit-elle. L'ouragan sera sur nous dans peu de temps.

Felipe partit en courant. Un instant plus tard, il était de retour avec un message de Ralph.

— Il te remercie, mais il préfère ne pas s'éloigner de ses bateaux. Il n'a pas voulu non plus que je reste avec lui, il dit que je serai plus utile ici...

Janine fit la moue.

— Ainsi, Ralph s'entête. Eh bien, tant pis. Après tout, il sait ce qu'il risque...

Comme elle prononçait ces derniers mots, ils résonnèrent dans sa tête avec insistance. Qu'arriverait-il si le hangar à bateaux s'écroulait et que Ralph était tué ? Cela serait sa faute. Pendant une heure, ce problème la rongea. Finalement, elle pensa que la seule solution pour que Ralph accepte de se joindre aux autres était d'aller lui présenter des excuses.

Elle noua un carré de tissu sur ses cheveux et quitta la pièce. La bourrasque soufflait par rafales et décollait presque Janine du sol. Sa robe était plaquée à ses cuisses et elle devait maintenir son foulard pour ne pas qu'il s'envole. Elle décida de passer par le haut de la plage. Là, les buissons la protégeraient du sable soulevé par le vent.

Elle parvint enfin au promontoir où étaient amarrés le *Ohaï II* et le *Soleillant.* Ralph devait penser que les deux bateaux seraient mieux protégés ici que dans le lagon. Janine espéra qu'il avait raison et songea avec satisfaction que c'est là qu'elle les aurait mis, elle-même, si Ralph n'était pas revenu. Toutes les autres embarcations se trouvaient reliées entre elles par des cordages attachés à des poteaux plantés sur la plage.

Janine observa le hangar. Il lui paraissait soudain très fragile. Construit en bois sur une avancée de sable blanc, il semblait très exposé et vulnérable. Comme elle atteignait les marches qui menaient chez Ralph, celui-ci ouvrit la porte.

— Que viens-tu faire ici ? demanda-t-il en la tirant vers l'intérieur.

— Tu ne peux pas rester là cette nuit, plaida-t-elle. Le cyclone sera bientôt sur nous. Le seul endroit sûr est le bâtiment principal. D'ailleurs, tout le monde s'y trouve déjà.

— J'aime mieux être ici.

— Il ne faut pas... Tu n'es pas en sûreté.

Il sourit avec ironie.

— Ma sécurité te tient donc tellement à cœur ?

— Evidemment. Je suis responsable de toi, comme des autres !

— Alors si je comprends bien, c'est un ordre ?

Ce n'était vraiment pas le moment de se disputer. Elle contint sa colère.

— Ralph, je suis désolée, pour ce matin. Tu avais parfaitement le droit de revenir t'occuper de tes bateaux. Maintenant, s'il te plaît, viens avec moi.

Il la regarda fixement.

— Je ne suis pas rentré pour ça.

Elle ouvrit de grands yeux, cherchant à comprendre.

Il se dirigea vers la fenêtre et fourra les mains dans ses poches. Puis il se retourna lentement vers elle.

— Rose m'a dit que tu ne voulais pas épouser Chilton et qu'il était hors de question que tu changes quoi que ce soit à Fangufangu. Elle te croit folle !

Janine parvint à sourire et s'assit sur la caisse contenant les affaires de Ralph.

Il poursuivit :

— Elle était contente. Pas à propos de Fangufangu, mais que tu n'épouses pas Chilton. Je suppose qu'elle va attendre à Tonga que le *Carousel* arrive. Elle ne doute pas de son charme, cette fille !

Il rit, puis ajouta :

— Je lui ai remis une lettre, ainsi que le contrat, déchiré par mes soins.

— Mais, Ralph,... Rose et toi...

Il fronça les sourcils.

— Rose et moi ? Eh bien, quoi ?

— Rose m'a plus ou moins laissé entendre, quand elle est venue réserver sa place pour l'avion, que vous partiez ensemble.

Ralph éclata de rire.

— Vraiment ? Et tu m'as cru capable d'être attiré par une femme comme Rose ? Tu devrais avoir honte, Jannie !

Elle secoua la tête.

— Alors, s'il n'y avait rien entre vous, que faisait-elle chez toi, la veille de votre départ ?

Elle ne put s'empêcher de rougir.

— Comment es-tu au courant ?

Il la dévisageait, cherchant à percer la vérité.

— J'étais là, cette fameuse nuit, confessa-t-elle. Je l'ai vue, par la fenêtre.

Elle se sentait vraiment confuse, à présent.

— Je vois, dit-il. Et tu en as tiré des conclusions.

Elle soutint son regard.

— Tu en avais bien tiré à mon sujet !

— Peut-être, mais j'étais convaincu que Chilton allait t'épouser, et que vous étiez d'accord pour transformer l'île.

— Je t'aurais dit la vérité, si tu me l'avais demandée.

— En es-tu sûre ? Tu semblais me le laisser croire sciemment, pourquoi ?

Parce que je t'aime, pensa-t-elle. Mais elle resta silencieuse !

— Que venais-tu faire, cette nuit-là ? reprit-il. Que me voulais-tu ?

— Te prier de rester. Je me suis aperçu que je t'avais mal jugé.

— Comment cela ?

— Je croyais que tu ne valais pas mieux que Chilton, et que si tu arrivais à t'emparer de Fangufanfu, tu ferais exactement comme lui.

Il parut surpris.

— J'aimerais bien savoir d'où te vient cette idée.

Elle haussa les épaules.

— Oh, tout cela n'a plus d'importance, Ralph. Quand tu m'as dit que tu partais, je me suis rendu compte que je m'étais trompée, et j'ai cherché à te rattraper, mais quelqu'un est entré dans le bureau à ce moment-là. Lorsque j'ai pu me libérer à nouveau, il faisait nuit. J'espérais te convaincre que je ne désirais ni me marier avec Chilton ni transformer l'île.

— Tu avais compris de quoi Chilton était capable ?

Elle hocha la tête.

— Il t'a menti, Ralph. Il t'a fait vendre les bateaux pour pouvoir exercer un chantage sur moi.

Ralph traversa la pièce et revint se placer face à elle.

— Il est assurément très malin. Mais pourquoi ne pas m'en avoir parlé lorsque j'ai pris l'avion ?

— Parce qu'il y avait Rose. J'ai cru que tu quittais l'île à cause d'elle.

Il rit.

— Pauvre Rose. Elle a tenté sa chance, mais je lui ai clairement signifié que c'était sans issue. Je lui ai expliqué que je n'aimais pas beaucoup les jeunes femmes qui se présentaient chez moi sans y avoir été invitées. Puis nous avons bavardé tous les deux, et je lui ai appris que je partais le lendemain. Elle a décidé de s'en aller aussi. Je suppose que c'est par fierté, qu'elle t'a fait croire que nous quittions l'île ensemble. Ce n'est pas le genre de fille à accepter facilement un échec !...

Janine laissa échapper un bref soupir de soulagement.

— Enfin, tu es de retour. Je suis très contente, Ralph.

Alors qu'elle parlait, une rafale de vent secoua le hangar tout entier.

— Nous ferions bien d'y aller, fit Janine.

Il ouvrit la porte.

— Pars devant, Janine. Je vérifie tout une dernière fois, et je te suis. Tâche de capter les bulletins météo.

Elle n'était pas décidée à le quitter.

— Ralph... Tu viendras ?

Il lui prit les mains.

— Bien sûr. J'ai d'ailleurs un tas de choses à te raconter. J'en profiterai pendant que nous attendrons le cyclone ! Allez, vas-y. Je ne serai pas long.

Janine se hâta de rentrer à Blue Haven. Poussée par le vent, elle n'avait aucun mal à presser le pas. Le ciel était plus bas que jamais, et elle perçut les premières gouttes. La nuit semblait tombée quand elle arriva au bâtiment principal. Il n'était pourtant pas tard. Elle fut accueillie par Ella Hartmann et son époux, qui semblaient soulagés de la voir de retour. Lavinia, visiblement inquiète, la prit carrément dans ses bras.

— Nous commencions à nous alarmer, dit Ella. Où est Ralph ?

— Il arrive. Il a voulu s'assurer que tout était bien en place.

Le regard d'Ella se fit scrutateur.

— Il s'est passé quelque chose ?

Janine hocha la tête en souriant.

— Il revient pour de bon. Rose lui a avoué la vérité.

— Rose ?

— Ah, bien sûr, vous ne connaissez pas Rose. C'est une longue histoire.

— Mais, êtes-vous réconciliée avec Ralph ?

Janine acquiesça avec joie.

— Voilà une bonne chose. Vous avez l'air d'aimer beaucoup Ralph, n'est-ce pas ?

Janine se sentit rougir.

— Nous avons toujours été bons amis, et j'espère

que nous le redeviendrons. Nous avons la même façon de concevoir la vie sur l'île. C'est tout ce qui compte.

Etait-ce vraiment tout ? Janine ne laissa rien paraître de ses sentiments pour Ralph.

Chacun s'organisait. La plupart des villageois venus pour passer la nuit bavardaient par groupes, chantaient ou jouaient de la guitare. Janine et Ella confectionnèrent de nouveaux sandwiches. Louis avait conseillé de couper le générateur, et, sitôt la tombée de la nuit, les flammes des lampes à pétrole vinrent danser dans l'ombre de la grande pièce. Les réfrigérateurs et congélateurs fonctionnaient grâce aux batteries de secours. Janine allait et venait, s'assurant que rien ne manquait. Elle se rendit sous la véranda et regarda à travers les vitres. Elle scruta la palmeraie balayée par le vent. Ralph n'arrivait toujours pas.

A mesure que l'obscurité tombait, la violence des rafales semblait augmenter. Janine, inquiète, se tourna vers Ella. Celle-ci fit la moue.

— Oui, on dirait que cela s'aggrave.

Janine essaya de capter le dernier bulletin météo. Fangufangu y était citée. La trajectoire du cyclone avait quelque peu dévié. Celui-ci ne toucherait que le sud de l'île, mais l'alerte restait très sérieuse. Elle transmit ces nouvelles autour d'elle, et chacun les commenta à sa manière. Il faisait nuit noire, à présent. Où était Ralph ? Peut-être avait-il décidé, en fin de compte, de demeurer près de ses bateaux. A moins qu'il n'ait des ennuis ? Par la fenêtre, elle fixait les ténèbres, espérant voir apparaître la lueur d'une lampe-tempête. Les hurlements du vent redoublèrent.

— Ne vous inquiétez pas, la rassura Ella. Je suppose qu'il sait ce qu'il fait. Tout ira bien.

Janine fronça les sourcils.

— Mais il m'a dit qu'il venait immédiatement !

Louis posa une main ferme sur son épaule.

— Quoi qu'il en soit, il est hors de question que vous

sortiez maintenant. Cela empire de minute en minute. Et s'il a du bon sens, il ne bougera pas non plus.

Janine n'ignorait pas qu'il serait suicidaire d'aller chercher Ralph en ce moment. Elle ne pouvait qu'espérer et prier pour lui.

La nuit passa avec une lenteur d'agonie. La force du vent était telle qu'à l'intérieur, les gens s'entendaient à peine parler. Les chants et la musique avaient cessé. Seuls demeuraient le bruit de la tempête et les craquements du bâtiment.

Puis des branches tombèrent sur le toit, ébranlant les murs. Janine dut soigner une jeune fille, blessée par les écorces d'un palmier qui avait fracassé une fenêtre. Miraculeusement, les plaies étaient sans gravité et personne d'autre n'avait été atteint par les éclats de verre. Le fracas des vagues devint assourdissant. Dans quel état se trouvait maintenant le hangar à bateaux? Une forte lame pouvait très bien l'emporter. L'île n'était qu'à quelques mètres au-dessus du niveau de la mer, et l'abri de Ralph, situé à un endroit battu par le vent, paraissait si fragile, face à tant de violence...

Elle se mit à préparer du café sur un réchaud de camping, puis distribua à la ronde des tasses et des biscuits. A mesure que les heures passaient, la tension augmentait parmi les villageois. Janine pensa qu'il fallait créer une diversion, aussi décida-t-elle d'occuper chacun. Aidée par Ella, elle inventa une dizaine de petites besognes qui, si elles n'étaient pas du tout urgentes, avaient au moins le mérite d'occuper les mains et de calmer les esprits. Le fait de plier des nappes, d'astiquer des couverts, etc. rendait l'attente moins intolérable.

Janine ignorait si la force du cyclone avait atteint son point culminant ou non. Le bruit des débris qui tombaient sur le toit semblait durer depuis des heures. Le vent courbait, déracinait, emportait tout. A un moment, il y eut un vacarme terrible. La toiture de la buanderie venait de s'envoler. L'ouragan l'avait emportée. Les objets qui se trouvaient à l'intérieur avaient dû suivre le même chemin, mais personne ne prit le risque d'aller vérifier.

Le plus dur, pour Janine, était de ne rien distinguer à l'extérieur. Mais Louis et Ella l'assurèrent que de toute façon, même en plein jour, elle n'aurait pas mieux pu se rendre compte à cause des embruns et de la tempête de sable.

Le vent parut soudain se calmer. Janine regarda Ella. Celle-ci, qui sommeillait légèrement, ouvrit les yeux et sourit.

— Vous pensez que c'est fini ? demanda Janine, n'osant y croire.

— Probablement. Cela va rester calme un moment, puis le vent reviendra, mais avec moins de force.

Curieusement, ce fut le silence qui éveilla la plupart des gens. Les conversations reprirent et quelques éclats de rire résonnèrent à nouveau. Il faisait toujours nuit noire.

— Ne laissez personne sortir avant le jour, conseilla Louis Hartmann.

Janine fit circuler le mot d'ordre parmi les villageois, mais pas un, apparemment, n'en avait une grande envie. Elle s'assit, espérant que Ralph profiterait de l'accalmie pour donner signe de vie. Mais le temps passa et il ne vint pas. Elle regarda sa montre. Le matin n'était pas encore là...

Patiemment, ils attendirent. Le vent se leva de nouveau, avec moins de violence qu'au début.

Enfin, ce fut l'aube. Janine, qui s'était assoupie, s'aperçut qu'elle distinguait les gens, à l'autre bout de la pièce. Le jour se levait. Chacun se mit à parler, à bouger. Quelqu'un ouvrit les panneaux coulissants et Janine put entrer dans la véranda, ou du moins dans ce qu'il en restait.

Elle sursauta devant le spectacle qui s'offrait à elle.

Les dégâts étaient considérables. Accablée, elle se mit à pleurer. Les villageois également, laissèrent échapper des exclamations de surprise ou de douleur. Janine regarda un amandier déraciné. Si beau, la veille, il était à présent écrasé, en lambeaux. Quelques palmiers subsistaient çà et là. D'autres gisaient parmi les décombres de toute sorte. Soudain, elle poussa un cri :

— Ralph !

Avant que quiconque ait pu réagir, elle se mit à courir en direction de la plage, enjambant les racines et les débris, s'écorchant les mollets. Elle n'y prenait même pas garde. Elle n'avait qu'une idée en tête : retrouver Ralph.

Arrivée au bord de l'océan, elle s'arrêta. Les vagues grondaient toujours et le sable était jonché de morceaux de bois et de cailloux. Elle chercha à apercevoir le hangar à bateaux, mais il faisait encore trop sombre. Elle se remit à courir à travers la lande dévastée. Il lui fallait lutter contre le vent, qui la déportait par à-coups. Elle ne pensait qu'à Ralph.

Elle stoppa soudain sa course, horrifiée. Le hangar avait disparu. Elle regarda désespérément les environs, mais non, elle ne rêvait pas. Miraculeusement, les deux yachts étaient là, intacts. Ils tanguaient l'un contre l'autre de façon désordonnée. Incrédule, Janine ne pouvait détacher ses yeux de l'endroit où aurait dû se trouver le hangar de Ralph. Elle vit les autres embarcations, sur la plage, certaines entièrement recouvertes de sable. Son regard vacilla un moment, et un long frisson la parcourut. Elle venait de discerner, à quelques mètres d'elle, un énorme amas de planches, écrasé contre les palmiers.

— Ralph... Oh non ! hurla-t-elle en se précipitant.

L'effroi se lisait sur son visage. Furieusement, sans se rendre compte de ce qu'elle faisait, elle tentait de dégager la plus grosse des poutres, lorsqu'une voix se fit entendre :

— Jannie !

Elle se retourna. Ralph arrivait le long de la plage, en boitillant. Sans plus réfléchir, elle courut se jeter dans ses bras.

Ils demeurèrent ainsi enlacés, immobiles, pendant quelques secondes. Puis Ralph murmura tendrement :

— Jannie...

Il la maintenait blottie tout contre lui, comme s'il craignait que le vent ne l'emporte.

Janine avoua, entre deux sanglots :

— Oh, Ralph. J'ai cru que tu étais... Là-dessous...

10

— Qu'est-il arrivé ? demanda-t-elle au bout d'un instant. Pourquoi n'es-tu pas venu ?

— J'ai eu un petit accident.

— Ralph... ta jambe ?

Elle se rappela l'avoir vu boiter, mais elle était si heureuse de le revoir que cela ne l'avait pas frappée sur le moment.

— Juste ma cheville, fit-il. Après ton départ, je suis sorti à mon tour. J'ai vérifié les attaches des bateaux et, quand j'ai voulu remonter les marches, le vent m'a déséquilibré. Je suis tombé et me suis tordu la cheville. J'avais si mal au début que je la croyais cassée. Apparemment non, puisque j'arrive à marcher. Mais sur le coup, j'ai été forcé de m'asseoir et la nuit est venue sans que je puisse reposer le pied par terre. J'ai donc pensé qu'il valait mieux que je reste ici, plutôt que d'aller trébucher Dieu sait où. Le vent soufflait très fort, et je ne voulais pas risquer de me faire tuer par un palmier volant.

Janine l'écoutait. A mesure qu'il parlait, un soulagement indicible l'envahissait.

— Oh, Ralph, murmura-t-elle.

— Le hangar a eu moins de chance que moi. J'ai entendu une rafale terrifiante...

Janine l'interrompit.

— Sûrement celle qui a arraché le toit de la buanderie !

— Peut-être. J'ai senti que tout bougeait. Je me suis enfui.

— Dans ton état ! Oh Ralph, tu aurais pu être tué.

Il sourit.

— C'est curieux, je ne me souviens pas en avoir souffert. Cela prouve que la douleur est avant tout psychique.

— Souvent, oui. Et qu'as-tu fait ?

— Je me suis caché dans un sillon creusé par les bateaux. Dieu seul sait pourquoi je ne me suis pas envolé avec le hangar. Je l'ai vu partir. Incroyable ! Il a décollé comme un avion. Si les palmiers ne s'étaient pas trouvés sur son chemin, je suis sûr qu'il atterrissait en un seul morceau ! Sitôt que j'ai pu, j'ai couru me glisser dessous, en espérant qu'il ne s'envolerait pas à nouveau. Et l'abri s'est avéré aussi sûr qu'une maison en pierre !

Janine sourit.

— Dieu soit loué, tu es vivant.

Il lui caressa lentement les cheveux.

— Dieu merci, tu es sauve.

Leurs regards se rencontrèrent et le monde s'arrêta. Plus rien n'avait d'importance. Ce qui s'était passé les unissait à jamais : les mots ne pouvaient l'expliquer. Le vent les décoiffait et faisait flotter leurs vêtements autour d'eux, comme pour mieux les envelopper, les unir.

Ralph reprit :

— Il y a encore des points que je n'ai pas élucidés. Quand tu as changé subitement d'avis, après la nuit... La première fois où je t'ai embrassée... J'ai pensé que Ralph le marin n'était pas assez bien pour toi. Tu me l'as presque laissé entendre, et je l'ai cru jusqu'à ce que Chilton arrive, mais... Tu as découragé Chilt et tu ne m'as pas retenu.

— Ralph, j'avais surpris Franck Winterman t'expliquant que ton problème était simple, qu'il te suffisait de m'épouser. Je m'en suis souvenue après cette soirée, et je me suis dit que j'étais sotte et bien naïve.

— Pourquoi donc ?

— Parce que je croyais que tu voulais Fangufangu. Le fait de te marier avec moi était le seul moyen de te l'approprier...

Il l'embrassa sur le front.

— C'est toi qui m'intéressais, pas Fangufangu. Je craignais que tu ne transformes tout et j'en ai parlé à Franck. Il m'a répondu que la seule façon de conserver les deux, toi et l'île, serait de t'épouser. Mais je n'y pensais absolument pas lorsque je t'ai embrassée cette nuit-là.

— Je suis désolée, Ralph.

— Moi aussi. Oh, Janine, si tu savais ce que j'ai ressenti quand tu es revenue, sophistiquée, jouant aux femmes d'affaires, si différente de la jeune fille que j'avais hâte de revoir pour lui déclarer mon amour !

— Tu as bien caché ton jeu !

— Toi aussi, et je m'étais trompé à ton sujet. Je te demande pardon, Jannie. Tu as largement prouvé que tu pouvais diriger Blue Haven toute seule. Tu n'as besoin de personne.

— Si, Ralph. De toi. Tu sais, je souffrais de notre mésentente. J'ai supposé que tu m'en voulais de prendre la suite et que tu espérais me voir échouer. Il ma bien fallu adopter une image dure et hautaine...

— La nuit où tu es venue prendre un café, j'ai cru retrouver la Janine que j'avais perdue. Mais le lendemain matin, quelle déception !

Elle se hissa sur la pointe des pieds et l'embrassa.

— Alors cela ne te dérange pas trop d'épouser la propriétaire ?

— Qui a parlé de mariage ?

Elle recula d'un pas, incrédule. Ralph éclata de rire et la prit dans ses bras.

— Il faut appeler un prêtre le plus vite possible.

Il l'embrassa tendrement, puis déclara en souriant :

— Je ne me lasserais pas de te couvrir de baisers, mais nous devons retourner à Blue Haven.

Janine prit soudain conscience du désastre environnant. Elle laissa échapper un profond soupir.

— Oh, Ralph... L'île est détruite.

— Mais non. Rien n'est jamais perdu. Tu dois continuer à te montrer courageuse.

Elle le regarda avec tristesse.

— On ne pourra pas reconstruire. Nous n'avons pas d'argent, et même si les Hartmann...

— Les Hartmann ?

— Louis et Ella. Des gens charmants, Ralph. Ils sont restés pour m'aider. Quand j'ai raconté à Ella les intentions de Chilton au sujet des bateaux, Louis s'est proposé d'en acheter quelques-uns.

Ralph la fixa avec étonnement.

— Ainsi, tu avais déjà éliminé Chilton avant que je ne revienne ? Tu ne perds pas de temps !

— J'ai eu beaucoup de chance, mais de toute manière, je ne me serais pas laissé manipuler sans résister.

— Petit animal têtu !

— Ralph...

Il s'arrêta soudain, lui fit face et prit ses deux mains dans les siennes.

— Janine, il faut maintenant que je te fasse un aveu.

— Un aveu ?...

— Puisque tu acceptes de devenir la femme de Ralph le marin, je dois te dire quelque chose.

— Je t'écoute...

— Tu as déjà entendu parler de la Compagnie de Transports Maritimes Sven ?

— Non.

— C'est normal. Ils assurent la liaison entre les Etats-Unis et la Scandinavie.

— Qu'est-ce que cela vient faire...

Tout à coup, elle réalisa.

— Sven !... Svenssen ? Ralph...

— La Compagnie Sven appartient moitié à mon frère John, moitié à moi-même, et il se pourrait bien que Ralph le marin doit aussi riche que Chilton Kendrick. Rose ne s'y est pas trompée !

Janine était stupéfaite. Ralph propriétaire d'une société de transport maritime ! Cela paraissait si surprenant.

— Je ne comprends pas, dit-elle. Est-ce que mon père est au courant ?

Il secoua la tête.

— Personne ne le sait, à part Rose. Ton père n'est pas le genre d'homme à poser des questions personnelles. Il ne m'a même jamais demandé où j'avais eu l'argent pour acheter mes bateaux !

Janine murmura, pensive :

— Je ne m'étais pas posé la question non plus.

— Mais Rose a rencontré John à New York, il y a quelque temps, et la ressemblance est trop frappante pour qu'elle n'ait pas eu la puce à l'oreille. J'ai été obligé de tout lui avouer. Elle m'a promis de ne jamais en parler à qui que ce soit.

C'était donc le secret que Rose avait juré de ne pas révéler ! Mais apparemment, elle était persuadée que Janine le savait. Elle avait eu l'air tellement surpris lorsque celle-ci lui avait affirmé que Ralph était sans le sou. Voilà pourquoi elle s'intéressait tant à lui...

— Tu as bien laissé croire à Rose qu'elle avait une chance, non ?

Elle le revit, tenant Rose par la taille.

Il sourit.

— Tu n'es plus jalouse, maintenant, si ?

— Je ne l'ai jamais été !

La réponse était partie, fulgurante. Ralph sembla sceptique. Janine se reprit.

— Si, je l'ai été... Je t'ai même soupçonné d'aimer Kuini.

— Kuini ? Felipe m'aurait coupé la tête ! Non, ma Jannie, ta jalousie n'a jamais eu lieu d'être. Rose cherchait la fortune, quant à Kuini, elle est très attachée à Felipe.

Il plongea son regard dans le sien.

— Et moi, je t'aime.

— Moi aussi, je t'aime, Ralph.

La sincérité se lisait dans leurs yeux. Au bout d'un instant, Janine demanda :

— Ralph, pourquoi, étant copropriétaire d'une compagnie de transports maritimes, restes-tu ici, à promener des touristes ?

— C'est une longue histoire, Jannie. Quand notre père est décédé, John et moi nous sommes partagés l'héritage. Nous avons beau être d'authentiques jumeaux, nos ambitions diffèrent complètement. John était content de reprendre le flambeau, moi pas. Je sais que l'argent apporte rarement le bonheur. Alors j'ai tout abandonné. Le genre de vie que mène John ne me conviendrait absolument pas. J'ai toujours voulu voyager et arriver par moi-même. Je désirais seulement gagner ma vie et être heureux.

Quand j'ai rencontré ton père, j'ai su que c'était un homme pas comme les autres. Je suis venu ici et j'y ai trouvé ce que je cherchais : la paix et une existence simple.

— Tu n'en aurais jamais parlé à personne ?

Il sourit, comme pour s'excuser.

— J'ai horreur des complications. Souvent, les gens te traitent différemment quand ils savent que tu as de l'argent. J'ai préféré laisser tous ces soucis derrière moi.

— Mais, Ralph, comment peux-tu, aujourd'hui... Je veux dire...

Ralph secoua la tête.

— Tu as mal compris, Jannie. Je ne voulais pas non plus laisser John devenir plus riche qu'il ne l'était déjà, aussi ai-je investi tous mes revenus dans une autre société. Il s'agit d'un groupe qui finance des projets qui en valent la peine. Je t'en reparlerai, mais disons que parmi ces projets, je pourrais très bien inclure la reconstruction de Fangufangu !

Janine le regarda, émerveillée.

— Oh, Ralph, ce serait inespéré...

Il la dévisagea lentement.

— Tu es sûre que cela ne changera pas les sentiments que tu éprouves à mon égard ?

Elle fronça les sourcils.

— Tu doutes encore de moi, Ralph ?

Le jeune homme la serra dans ses bras musclés.

— Pardonne-moi, Jannie. Non, je n'ai aucun doute à ton sujet. Si j'en avais, tu les as balayés hier, lorsque tu as refusé de monter dans l'avion. Tu es une vraie fille de l'île !

Elle leva les yeux vers lui :

— Ralph, une fois que Blue Haven sera reconstruit, pourquoi ne pas abandonner cet argent ? Cela ne me gênerait pas.

Il lui adressa un sourire.

— J'ai voulu le faire, il y a déjà longtemps, mais j'ai pensé que c'était de la lâcheté de ma part. Je dois prendre mes responsabilités. Je suis heureux de savoir que la fortune que mon père avait amassée à force de travail n'est pas dilapidée, mais utilisée à ce que j'appelle « des projets intéressants ».

Il lui mit la main sur l'épaule.

— Allons, Janine, nous avons suffisamment discuté de moi. Nous perdons du temps, et le travail ne se fait pas.

La jeune fille rit.

— Tu parles comme le matin où tu m'as trouvée sur la plage, avant le petit déjeuner.

— Et où Lavinia avait mis le feu à la cuisine !

— Tu t'étais brûlé la main. Maintenant, tu te blesses à la cheville ! Tu es bien maladroit, Ralph.

Malicieusement, elle ajouta :

— Décidément, il te faut une épouse, pour veiller sur toi.

— Et toi, tu as besoin d'un mari ! Tu te surmènes trop.

Enlacés, ils marchèrent en direction de Blue Haven.

— Je crois que tu as de la chance, dit Ralph. Ton père a eu une riche idée de tout disposer autour de bâtiments en béton. Ceux-ci se réparent facilement et en fait, certains bungalows n'ont pas trop souffert. Le tien, par exemple, est presque intact. Une fois que nous aurons tout nettoyé, nous pourrons évaluer les dommages avec plus de précision. Cela n'est pas si grave en fin de compte.

Janine soupira.

— Je l'espère. C'est si triste, Ralph. Ces arbres superbes, les fleurs, les buissons... Notre île était si belle !

— Elle le redeviendra, promit le jeune homme.

Comme ils atteignaient la véranda, à moitié démolie, Viliamu se précipita à leur rencontre, en criant :

— Téléphone ! C'est votre père.

Janine tourna un regard inquiet vers Ralph. Qu'allait-elle dire à ses parents ? Elle courut à l'intérieur et prit l'appareil des mains de Louis, qui avait décroché.

— Papa ? Oui, nous allons bien... Oui, Ralph aussi. Non, ne t'inquiète pas, personne n'est blessé, sauf Ralph qui s'est foulé la cheville, mais cela va mieux, il peut marcher... Il y a des dégâts, oui, mais pas énormément. Les gens commencent déjà à nettoyer. Tout sera vite comme avant, tu verras. Oui... L'assurance devrait nous couvrir... Je ne sais pas encore... Papa, écoute, c'est au sujet de Ralph et moi...

Elle leva les yeux vers Ralph, comme pour lui demander sa permission. Il hocha la tête. Quand elle eut fini de parler, il souffla :

— Qu'il se dépêche, ou bien il va manquer la noce !

Janine rougit. La ligne était très mauvaise.

— Notre mariage, Papa ! Oui, Ralph et moi... Nous...

La friture s'amplifia et la communication fut coupée. Déçue, Janine soupira.

— Je l'ai perdu.

A peine avait-elle raccroché qu'une clameur s'éleva dans la pièce. Tout le monde s'était groupé après l'avoir entendu parler de son mariage avec Ralph. Chacun riait et leur adressait des félicitations. Janine, au comble du bonheur, se blottit dans les bras de Ralph.

Il faisait pratiquement nuit quand elle put à nouveau se retrouver seule avec lui. Les dernières heures avaient été épuisantes. Le nettoyage avançait lentement et Janine constata que Ralph était dans le vrai : le désastre n'apparaissait pas si terrible.

L'espoir remplaçait peu à peu l'abattement. Mais chaque fois qu'elle regardait Ralph, Janine savait que sans lui, elle aurait été horriblement découragée.

— Il est peu probable que l'on puise reconstruire le hangar à bateau avant un bon moment, fit-elle tout à coup. Tu ferais mieux de prendre l'ancienne chambre de mes parents, dans mon bungalow.

Ce dernier avait échappé à l'ouragan, car il se trouvait protégé par le bâtiment principal, ainsi que par un gigantesque palmier, endommagé, mais toujours debout.

Janine ajouta, ironique :

— Le souvenir de Rose y flotte encore, ainsi d'ailleurs que son parfum !

Ralph sourit.

— Tu crois qu'il est raisonnable que je vienne habiter sous ton toit ?

Elle haussa les épaules.

— Les gens sont trop occupés pour y prêter attention.

Il s'approcha d'elle.

— Alors, tu devrais téléphoner à Suva, pour demander au prêtre de venir nous marier le plus vite possible. Plus tard, quand tes parents seront là, nous referons une noce, dans la tradition de l'île. D'accord ?

Les yeux de Janine pétillaient de bonheur.

— Oh oui, Ralph, ce sera formidable. Papa n'étant pas présent, peut-être Louis acceptera-t-il de me donner le bras pour la cérémonie. Allons leur en parler.

Ralph et Janine trouvèrent les Hartmann en train de participer au déblaiement des décombres. Ella confectionnait des boutures.

— Je les replanterai lorsque les abords du bâtiment principal seront dégagés, dit-elle en souriant.

Louis fut quelque peu déçu de ne pouvoir se rendre utile au sujet des bateaux, et accepta volontiers d'être le témoin de Janine.

— Dites-moi, fit-il, personne ne nous a encore jamais sollicités en tant que parrain et marraine. Je crois pourtant que nous serions très bien, dans ce rôle... Puis-je espérer... ?

Janine rougit et Ralph éclata de rire.

— Proposition acceptée, s'écria-t-il.

— La nuit venue, Janine et Ralph se promenèrent sur la jetée. Le vent était complètement tombé. La lune brillait, très haut, dans le ciel clouté d'étoiles. Quelques palmiers tordus ou déracinés leur rappelaient le cyclone. Tous deux écoutaient avec plaisir le bruit de l'océan qui venait mourir dans le lagon.

— Tu as réussi à avoir Suva ? s'enquit Ralph.

Le visage de la jeune fille s'illumina.

— Oui, j'ai joint Rick. Il va expliquer le problème

au Père Wilkes et avec un peu de chance, celui-ci sera là sous quarante-huit heures.

Ralph sourit.

— Sacré Rick ! Il se débrouille toujours...

Il prit Janine dans ses bras et demanda malicieusement :

— Que ressens-tu à l'idée de t'appeler bientôt Mme Svenssen ?

— Je suis si heureuse, Ralph...

Il lui passa tendrement la main dans les cheveux et posa ses lèvres sur les siennes. Doucement au début, puis passionnément, avec avidité. Janine laissa couler sur ses joues de grosses larmes de bonheur. Elle savait qu'elle avait grandi, qu'elle était enfin une femme.

LE BÉLIER

(21 mars-19 avril)

Signe de Feu dominé par Mars : Énergie.

Pierre : Rubis.
Métal : Acier.
Mot clé : Conquête.
Caractéristique : Audace.

Qualités : Combative et active. Personnalité affirmée, goût du risque, elle aime gagner.

Il lui dira : « Je vous aime, je suis heureux. »

BELIER

21 mars - 19 avril

Energie et courage : à eux seuls, ces deux mots dépeignent avec justesse la femme qui naît sous le signe du Bélier. En amour comme en affaires, elle ne s'en laisse pas conter. Il faut jouer cartes sur table si on veut traiter avec elle et gagner son estime. Sa franchise lui vaut quelques ennemis... et une foule d'amis.

Ralph, à la longue, appréciera l'honnêteté de Janine.

Achevé d'imprimer en octobre 1983
sur les presses de l'Imprimerie Bussière
à Saint-Amand (Cher)

— N° d'imprimeur : 1514 —
— N° d'éditeur : 33 —
Dépôt légal : décembre 1983
Imprimé en France